LES TISSERANDS

AF727920

8° Yh 4

IL A ÉTÉ TIRÉ

Dix exemplaires numérotés sur papier du Japon.

GÉRARD HAUPTMANN

BN

LES TISSERANDS

DRAME EN CINQ ACTES, EN PROSE

TRADUCTION FRANÇAISE DE M. JEAN THOREL

Représenté pour la première fois, à Paris, au *Théâtre-Libre*, le 29 mai 1893.

DÉPÔT LÉGAL
Seine
N° 3059
1893

PARIS
G. CHARPENTIER ET E. FASQUELLE, ÉDITEURS
11, RUE DE GRENELLE, 11

1893

Tous droits réservés.

AVANT-RROPOS

M. Gerhart Hauptmann

La soirée du 29 mai au Théâtre-Libre, et les comptes rendus que la presse en a donnés, ont suffi pour révéler au grand public français, et mettre vivement en lumière, le nom de Gerhart Hauptmann, déjà célèbre en Allemagne, mais jusque-là connu en France de quelques lettrés seulement. Nous croyons donc utile de faire précéder cette traduction des *Tisserands* de quelques détails sur le jeune écrivain allemand et sur son œuvre.

M. Gerhart Hauptmann, petit-fils de tisserand, est né en 1862, à Salzbrunn, en Silésie.

Avant d'aborder le théâtre, il hésita quelque temps sur la voie qu'il devait suivre. Après avoir étudié pratiquement l'agronomie, à quoi il se destinait tout d'abord, il résolut d'être artiste, mais sans bien savoir encore à quel art il se consacrerait. Il commença par la sculpture, et s'y adonna plusieurs années. Puis il projeta d'écrire des romans historiques, esquissa le plan d'un *Périclès*. Un voyage en Italie fit naître en lui le désir d'écrire un drame dont *Tibère* serait le personnage principal.

Mais ces essais ne le satisfirent point, et la première œuvre qu'il publia, en 1885, fut une sorte d'épopée, en stances, qui s'appela *Le sort des Prométhides*. C'était plus un recueil de fortes pensées qu'un poème; et le jeune poète s'aperçut sans doute bientôt que là n'était pas sa voie, car il fit mettre au pilon un autre livre de poèmes, qu'il avait fait imprimer après l'apparition des *Prométhides*. M. Hauptmann était dans une situation de fortune qui lui facilitait toutes ces hésitations, et lui permettait d'attendre qu'une vocation bien nette se fît jour en lui.

C'est le *Théâtre-Libre* de Berlin, fondé un peu sur le modèle du *Théâtre-Libre* de Paris, par MM. Otto Brahm et Paul Schlenther, qui fut le vrai berceau de la renommée de M. Hauptmann. Déjà, depuis plusieurs années, toute une école de jeunes romanciers réalistes, s'inspirant des théories et des œuvres de M. Zola, s'était fait une large place à Munich et à Berlin. Une nouvelle génération devait surgir, qui tenterait de faire admettre aussi au théâtre des œuvres réalistes. Elle y a réussi, et beaucoup mieux qu'en France, car c'est maintenant presque un titre de recommandation pour les principaux théâtres berlinois d'avoir passé par leur *Théâtre-Libre*.

Dès la première pièce qu'il fit jouer, en octobre 1889, M. Hauptmann s'affirma comme le plus remarquable des jeunes dramaturges allemands.

Avant le lever du soleil était un peu la mise à la scène des théories zolistes sur l'hérédité. Et c'était en même temps un drame social. L'action se passe dans un milieu de paysans subitement enrichis par la découverte de bassins houillers, et dont les vices n'ont fait que s'accroître par ce changement de fortune inattendu. Le personnage principal, Loth, une sorte d'agitateur socialiste, ne rencontre de sympathie dans ce milieu qu'auprès d'une jeune fille, qu'il se met bientôt à aimer et qu'il pense à épouser; mais, par crainte des germes morbides qu'apporterait une telle union, il croit de son devoir de fuir, quand il découvre que cette jeune fille appartient elle-même à une famille de bas égoïstes et d'ivrognes incurables.

La fête de réconciliation, c'est encore un drame sur l'hérédité, mais traité d'une façon plus profonde, plus intime. Nous avons ici des personnages qui vivent davantage les idées de l'auteur, et les exposent moins. C'est toute une famille de névropathes que nous voyons s'agiter devant nous, et souffrir, et se faire souffrir les uns les autres, les uns inconsciemment, et les autres par la conscience même qu'ils ont de leur état. Ce drame témoigne assez visiblement de l'influence ibsénienne.

Il nous semble que la personnalité de l'auteur se dégage tout à fait dans sa troisième pièce, *Les*

Isolés (Einsame Menschen). Sans doute, on peut toujours reconnaître les éléments qui l'ont formée, mais dès lors M. Hauptmann est maître de ces éléments ; il ne leur est plus soumis, il les domine complètement, et il faut bien admettre que c'est cela qui constitue la personnalité, puisque rien ne se crée de rien. Les *Isolés*, c'est un névrosé, et une émancipée chaste, qui sont incapables de trouver le bonheur dans les milieux simples où ils vivent, qui se figurent un instant que leur pure affection va les aider à porter le poids de la vie, mais qui sont bientôt déçus dans cet espoir. L'homme, qui souffre de n'être pas compris par sa famille, son père, sa mère, sa femme, n'a pas atteint ce degré d'intelligence où il devrait voir qu'il y a puérilité et folie à vouloir se faire comprendre de qui n'est pas organisé pour cela, qu'il y a pis même, qu'il y a cruauté à seulement laisser voir à ces simples au cœur noble tout ce qui le sépare d'eux. La jeune fille indépendante est mieux équilibrée. C'est une isolée aussi, mais elle le sait, et elle s'y résigne, quoiqu'un peu tard, et après avoir ruiné à tout jamais, par sa seule présence, le bonheur de la famille qui l'a accueillie quelques semaines.

Après ce beau drame des *Isolés*, M. Hauptmann s'essaya dans la comédie, et il fit jouer au *Deutsches Theater*, en janvier 1892, *le Collègue Crampton*, qui fut accueilli avec grand intérêt par le public berlinois. On a résumé très judicieusement le caractère du principal personnage de cette pièce, en disant que c'était une sorte de Falstaff moderne.

Il y a là un genre de comique bon enfant, que peut-être nous n'apprécierions pas beaucoup à Paris, précisément parce qu'il est de meilleur aloi que le comique méchant vers lequel semblent bien aller nos préférences.

La pièce la plus récente de M. Hauptmann, c'est cette pièce des *Tisserands* que voici. Interdite en représentation publique, elle fut publiée en librairie dès l'an dernier, et jouée cette année, le dernier dimanche de février, au *Théâtre-Libre* de Berlin; ressuscité pour la circonstance. M. Jacques Saint-Cère la signala aussitôt, dans le *Figaro*, à l'attention de M. Antoine, et on sait le succès qu'elle vient de remporter à Paris. Nous nous dispenserons ici de toute analyse des *Tisserands*, comme aussi de tout jugement. Aussi bien tout le monde a compris que ce qui en faisait le haut mérite artistique, c'est précisément que ce drame n'est un plaidoyer en faveur de qui que ce soit, non plus qu'un réquisitoire contre personne. Tous les personnages y sont simplement vivants; les malheureux qui souffrent n'y sont point présentés comme des héros, on les voit même chacun avec leur égoïsme aussi; les patrons, cause apparente de tout le mal, n'y sont pas dépeints sous des couleurs méchantes; le pasteur du village, intelligence médiocre, caractère hésitant, a quand même le cœur noble; la police n'est pas plus tracassière que ne le commandent les circonstances. Au résumé, tous les personnages sont profondément vivants, et c'est ce qui a rendu ce drame si poignant.

Les sectaires du socialisme ont proclamé que c'était là un drame socialiste. Nous ignorons si M. Hauptmann a jamais adhéré à aucun parti révolutionnaire, et cela nous importe peu, car si vraiment la représentation publique des *Tisserands* peut exciter à la haine et aux luttes violentes que peut toujours déchaîner la haine, ce serait uniquement parce que la pièce ne serait pas entièrement comprise des spectateurs.

M. Hauptmann a écrit, non pas un plaidoyer socialiste, mais une œuvre bien plus profonde, bien plus belle, et, ajoutons-nous, bien plus utile : il a écrit le drame de la misère. Et nous pensons que dans une société que son effroyable égoïsme mène à la ruine, rien n'est plus utile que de montrer par tous les moyens, aux puissants et aux fortunés du jour, la misère qu'ils veulent trop ignorer. Nous n'avons pas la naïveté de penser qu'au sortir de chez M. Antoine tous ses abonnés allaient se précipiter chez leur notaire pour rédiger immédiatement, en faveur des pauvres, un acte de renonciation à leur fortune ; nous ignorons aussi si jamais la douleur, ou même seulement la misère matérielle, sera vaincue dans le monde ; mais, tant qu'il existera de la douleur, tant qu'il y aura de la misère, le premier devoir de tout être humain et de toute société sera de chercher à y remédier ; et on n'a pas encore trouvé de meilleur moyen d'exciter la pitié que de montrer la souffrance. Que les humbles ne puissent pas comprendre toute la souffrance qu'il peut aussi y avoir chez ceux qu'ils croient les heureux du monde, c'est trop naturel, et nous n'avons pas à nous en étonner. Que leur haine grandisse contre la société, c'est un malheur, mais c'est un malheur inévitable, et c'est la société elle-même qui doit porter la responsabilité de ce mal, tant qu'elle ne travaillera pas à l'extirper, par le seul moyen salutaire qui existe : se guérir de son égoïsme.

Certes, il est mieux de porter secours à un être souffrant que d'aller passer sa soirée dans un théâtre ; mais nous pensons aussi qu'il serait mieux de montrer à qui va passer sa soirée dans un théâtre un drame comme celui de M. Hauptmann que tel vaudeville grivois, ou telle opérette obscène, comme les opérettes et les vaudevilles auxquels nous nous réjouissons le plus ordinairement... Mais c'est trop longuement parler des *Tisserands*, puisque aussi bien voici le drame, et que c'est à chacun des lecteurs de le juger.

Il nous reste à exprimer le regret qu'une traduction, surtout la traduction d'une œuvre comme celle-ci, ne puisse donner qu'une idée très imparfaite de l'original. On comprendra l'impossibilité d'une restitution exacte, quand il s'agit de donner l'impression qu'on entend parler des êtres incultes, s'exprimant dans le dialecte de leur province. Quelle langue, ou quel patois leur faire parler en français ? Nous avons simplement cherché à nous tenir aussi loin de la langue académique que de tout patois, ou de tout argot spécial. Beaucoup de ce qui fait la saveur de l'original se trouve donc forcément comme estompé par la traduction. Heureusement que le plus grand mérite de la pièce de M. Hauptmann réside dans les qualités d'humanité générale qu'elle présente, et cela au moins peut toujours se retrouver.

Ajoutons en terminant que M. Hauptmann doit faire représenter prochainement, au « Deutsches Theater », une comédie : *La Peau de Loutre* ; et qu'il prépare en même temps un grand drame historique, dont l'action se passe à l'époque des guerres de paysans.

J. T.

PERSONNAGES

DREISSIGER, fabricant	M. Pons Arlès
MADAME DREISSIGER	Mme Irma Perrot
PFEIFER, expéditeur	M. Renard
NEUMANN, caissier	M. Hérouin
UN COMMIS	M. Verse
WEINHOLD, préc^r des fils de Dreissiger	M. Hérouin
JEAN, cocher	M. Verse
LE PASTEUR KITTELHAUS	M. Laudner
MADAME KITTELHAUS	Mme Vinet
HEIDE, commissaire de police	M. Dujeu
KUTSCHE, gendarme	M. Desmarets
WELZEL, aubergiste	M. Pinsard
MADAME WELZEL	Mme Garniéry
ANNA WELZEL	Mlle Théven
WIEGAND, menuisier	M. Lauras
UN COMMIS-VOYAGEUR	M. Amyot
UN PAYSAN	M. Verse
UN GARDE FORESTIER	M. André
SCHMIDT, médecin	M. Amyot
HORNIG, chiffonnier	M. Michelez
WITTIG, forgeron	M. Herlaine
BÆCKER	M. Depas
MAURICE JÆGER	M. Arquillière
LE VIEUX BAUMERT	M. Gémier
LA MÈRE BAUMERT	Mme Lefrançais
BERTHA BAUMERT	Mlle Hellen
EMMA BAUMERT	Mlle Dulac
FRITZ, fils d'Emma, âgé de 4 ans	Le petit Marini
AUGUSTE BAUMERT	M. Verse
LE VIEUX ANSORGE	M. Levanz
LA FEMME HEINRICH	Mlle Reynold
LE VIEUX HILSE	M. Antoine
LA MÈRE HILSE	Mlle Barny
GOTTLIEB HILSE	M. Etiévant
LOUISE, femme de Gottlieb	Mlle Nau
MILIENNE, leur fille	La petite Suzanne Schatz
REIMANN	M. Desmarets
HEIBER	M Renaudot
UME FEMME DE TISSERAND	Mlle Reynold
UN ENFANT	Mlle Hellen

Tisserands et femmes de tisserands

L'action se passe vers 1840, à Kaschbach, dans l'Eulengebirge, ainsi qu'à Peterswaldau et Langenbielau, au pied de l'Eulengebirge.

PERSONNAGES DU PREMIER ACTE

GROUPE DES GENS DE LA FABRIQUE DREISSIGER :

DREISSIGER, fabricant de futaine.
PFEIFER, expéditeur.
NEUMANN, caissier.
UN COMMIS.

GROUPE DES TISSERANDS :

BECKER.
LE VIEUX BAUMERT.
REIMANN.
HEIBER.
UN TISSERAND.
UNE FEMME DE TISSERAND.
UN ENFANT.

Un grand nombre de tisserands et de femmes de tisserands.

LES TISSERANDS

ACTE PREMIER

Un vaste hall, aux murs grisâtres, dans la fabrique de Dreissiger, à Peterswaldau.

C'est l'endroit où les tisserands viennent livrer les tissus achevés. A gauche, des fenêtres sans rideaux. Au fond, une porte vitrée ; à droite, une porte également vitrée par où des tisserands, des femmes de tisserands et des enfants entrent ou sortent continuellement. Le long de la paroi de droite, qui est en majeure partie, comme les autres parois, couverte de rayons, s'étend un banc sur lequel les tisserands déposent les pièces qu'ils apportent. D'après leur ordre d'arrivée, ils vont faire examiner leur travail. L'expéditeur Pfeifer est debout derrière une grande table, sur laquelle chaque tisserand pose à son tour la pièce qu'il vient soumettre à l'examen. Pour cet examen, Pfeifer se sert d'un compas et d'une loupe. Quand Pfeifer a vu la pièce, le tisserand la reprend et la met sur une balance, où le commis vérifie le poids. Le même commis va placer ensuite en magasin la marchandise acceptée. L'expéditeur Pfeifer indique chaque fois, à voix haute, au caissier Neumann, assis près d'une petite table, le salaire à payer.

La scène se passe par un jour sombre, de la fin de mai. L'horloge marque midi. La plupart des ouvriers présents se tiennent là comme s'ils étaient à la barre d'un tribunal où ils auraient à attendre une décision qui serait pour eux une question de vie ou de mort. Tous ont un air abattu, comme un air de mendiants, de misérables tombés d'humiliation en humiliation, et qui, ayant le sentiment de n'être que totérés, sont habitués à se faire le plus petits possible. Tous les visages portent l'empreinte rude de cruelles et inutiles songeries. Les hommes se ressemblent presque tous, de petite taille, la poitrine étroite, catharreux, la figure pâle et sale, des forçats du métier à tisser qui leur fait les genoux cagneux. Leurs femmes sont moins typiques à première vue. Elles paraissent amollies et fourbues, tandis que les hommes présentent encore un aspect d'une certaine gravité plaintive. Elles ne sont couvertes que de haillons, tandis que les habits des hommes sont au moins rapiécés. Parmi elles, les jeunes filles ne sont pas sans grâce : une pâleur de cire, des formes délicates, de grands yeux ressortants et mélancoliques.

LE CAISSIER NEUMANN, *comptant de l'argent.*

Reste dix groschen, deux pfennigs.

UNE FEMME DE TISSERAND, *trente ans, exténuée, ramasse l'argent d'une main tremblante.*

Merci bien.

NEUMANN, *voyant que la femme ne s'en va pas.*

Eh bien ? C'est pas vot' compte ?

LA FEMME DE TISSERAND, *émue et suppliante.*

Avancez-moi encore que'ques pfennigs ; j'en aurais tant besoin.

NEUMANN

Ah ! s'y fallait considérer les choses dont on a besoin !... Moi, j'aurais besoin de quelques centaines de thalers. (*Se remettant tout de suite à payer un autre tisserand, il ajoute sèchement*). Pour les avances, c'est M. Dreissiger qui décide.

LA FEMME DE TISSERAND

Est-ce que je pourrais le voir, M. Dreissiger ?

L'EXPÉDITEUR PFEIFER, *ancien tisserand, mais il n'en a pas conservé le type. Il est replet, de mise soignée, rasé de frais. C'est aussi un grand priseur. Il réplique brusquement :*

Il aurait trop à faire, s'y fallait qu'y s'occupe de toutes ces misères. Nous sommes là pour ça, nous autres. (*Il mesure une pièce d'étoffe avec son compas, et il l'examine à la loupe*). Bon Dieu, quel courant d'air ! (*Il s'enveloppe le cou d'un foulard épais*). Fermez donc la porte, quand vous entrez.

LE COMMIS, *à haute voix à Pfeifer.*

C'est comm si on parlait à des bûches.

PFEIFER

C'est fini. Pesez maintenant. (*Le tisserand met la pièce d'étoffe sur la balance*). Vous me faites encore l'effet de drôlement savoir vot' métier, vous ! C'est plein de défaut; vous ne savez même pas ourdir la chaîne. Mon compliment, c'est du propre !

BECKER (*Il vient d'entrer. C'est un jeune tisserand, plus robuste que ses compagnons, à l'allure indépendante, presque insolente. Au moment où il entre, Pfeifer, Neumann et le commis échangent un regard d'intelligence*).

Tonnerre de Dieu, le sale temps ! Ce qu'on va êt' rincé, les enfants.

UN TISSERAND, *à mi-voix.*

Oui, y pourrait bien pleuvoir.

LE VIEUX BAUMERT, *qui a entrebâillé, pour entrer, la porte à droite. Derrière la porte, on aperçoit un groupe compact de tisserands qui attendent leur tour de pénétrer dans le hall. Le vieux Baumert s'est traîné jusque sur le devant de la scène. Il dépose son paquet sur le banc près de Bæcker. Il s'assied à côté, et s'éponge la figure.*

Ça fait du bien de se reposer.

BÆCKER

C'est encore ce qu' y a d' plus clair! Ça fait plus de bien que leurs que'ques misérables groschen.

LE VIEUX BAUMERT

Oh! les qué'ques groschen, c'est bon à prendre aussi. Bonjour Bæcker.

BÆCKER

Bonjour, père Baumert. Y va encore falloir poser, mon vieux.

LE TISSERAND

Ah oui, y n'y regardent pas d' si près! J'ai déjà fait la queue des heures entières, moi, ici. Un tisserand, pour eux, ça compte pas.

PFEIFER

Silence donc, vous autres, on ne s'entend pas.

BÆCKER, *plus bas.*

Il est salement luné aujourd'hui.

PFEIFER, *au tisserand qui se tient devant lui.*

Je vous l'ai pourtant dit assez de fois, qu'y fallait mieux nettoyer ça. Mais vous êtes trop flemme! Tenez, cette filasse, long comme la main, et de la paille, et toutes ces saletés !

LE TISSERAND REIMANN

Y en a pas tant qu'ça !

LE COMMIS, *qui a pesé la pièce.*

Le poids n'y est pas.

PFEIFER

Y sont réussis, nos tisserands : du déchet sur chaque pièce livrée. Ah ! de mon temps ! c'est le patron qu'aurait pas accepté ça ! Mais, à ct' époque-là, c'était pas comme aujourd'hui, y fallait savoir son métier. Maintenant, va-t-en voir !... Reimann, dix groschen.

LE TISSERAND REIMANN

On a pourtant droit à une liv' de déchet.

PFEIFER

J'ai pas le temps. C'est réglé. Qu'est-ce que vous apportez ?

LE TISSERAND HEIBER (*Il dépose sa pièce d'étoffe. Pendant que Pfeifer l'examine, Heiber s'approche de lui et lui dit à demi-voix, mais avec émotion :*)

Faites excuse, m'sieu Pfeifer, si c'était un effet de vot' bonté, si vous vouliez avoir la complaisance, ça me rendrait grand service, ne pas me décompter mon avance, cette fois-ci.

PFEIFER, *mesurant l'étoffe et l'examinant, répond sur un ton de persiflage.*

Le moment est bien choisi pour me demander ça !

Si vous me rapportiez seulement de l'ouvrage un peu propre !

HEIBER, *continuant sur le même ton.*

La semaine prochaine, j'pourrai tout régler. Mais, cette semaine y m'a fallu faire deux jours de corvée... Et puis y a ma fille qu'est malade.

PFEIFER, (*donnant la pièce à peser.*

Je vous dis que c'est encore du travail gâché que vous me livrez là. (*Examinant une nouvelle pièce*). Et celui-là donc! Trop large ici, là trop étroit! Et puis ces fils de trame brouillés les uns dans les autres, ou bien relâchés. Et pas même soixante fils par pouce! Où est le reste? Qu'est-ce que vous en avez fait? Qu'est-ce que vous faites de ce qu'on vous donne? (*Heiber retient ses larmes, et reste tout consterné, sans plus oser rien dire*).

BECKER, *à mi-voix, à Baumert.*

La sale bête! faudrait p't'êt' pas qu'nous achetions du fil nous-mêmes.

LA FEMME DE TISSERAND, *qui s'est à peine éloignée de la caisse, et qui de temps à autre jetait autour d'elle un regard désespéré, comme pour chercher du secours, semble enfin prendre une grande résolution courageuse, et s'adressant de nouveau en suppliante au caissier :*

J'pourrai pas m'en tirer, si vous me donnez pas une p'tite avance... Ah! seigneur Jésus!

PFEIFER

Fichez-nous la paix avec vos jérémiades ; et laissez donc le seigneur Jésus tranquille. Avec ça que vous

vous en souciez beaucoup d'habitude, du seigneur Jésus! Occupez-vous donc plutôt de votre homme, ça vaudra mieux. Y a pas moyen de vous donner d'avances. Faut que nous rendions compte aussi, nous autres. C'est pas notre argent, faut que nous disions ce que nous en avons fait. Et puis, quand on connaît son métier et qu'on travaille avec la crainte de Dieu, on n'a jamais besoin d'avances. C'est compris?

NEUMANN

C'est comme les tisserands de Bielau. Même s'y gagnent quat' fois plus, y dépensent quat' fois plus, à nocer, et y font encore des dettes.

LA FEMME DE TISSERAND, *à haute voix, pour prendre tous les assistants à témoin.*

J'suis pourtant pas paresseuse, mais y a pus moyen que ça dure! J'ai manqué deux fois y passer! Et, mon homme, y tient pas debout; y voulait se guérir; il a été chez le sorcier de Zerlau, y n'a rien pu y faire... On peut pourtant pas l'impossible, on fait tout ce qu'on peut. J'dors pus, y a des semaines que j'ai pas fermé l'œil. Si encore j'avais pas une maladie qui me ronge les os! J'tiens plus debout! (*Se faisant toute suppliante*). Je vous en prie, mon bon monsieur, avancez-moi qué'ques groschen.

PFEIFER, *sans même paraître l'entendre.*

Fiedler, onze groschen.

LA FEMME DE TISSERAND

Rien que qué'ques groschen, qu'on puisse acheter du pain. L'boulanger veut pas faire crédit. Et nous avons un tas d'enfants.

NEUMANN, *au commis, à mi-voix, et d'un ton comiquement grave.*

Les tisserands qui filent le lin font un enfant tous les ans, régulièrement, tous les ans. Pouvez-vous m'expliquer ça?

LE COMMIS, *sur le même ton.*

La tortue est aveugle six semaines tous les ans, régulièrement, tous les ans. Pouvez-vous m'expliquer ça?

LE TISSERAND REIMANN, *sans toucher à l'argent que le caissier vient de lui compter.*

On m'a toujours donné treize groschen pour une pièce.

PFEIFER, *lui crie de sa place :*

Si vous n'êtes pas content, Reimann, y n'y a qu'un mot à dire. Y ne manque pas de tisserands aussi malins que vous. Quand y aura juste le poids, on vous paiera encore treize groschen.

REIMANN

Faudrait m' prouver qu'y a pas l'poids.

PFEIFER

Apportez une pièce bien tissée, vous aurez vot' salaire complet.

REIMANN

Eh bien, celle-là, a n'est pas bien? Où qu'vous y voyez tant de défauts?

PFEIFER, *qui a recommencé à examiner une pièce.*

Qui tisse bien, vit bien; qui tisse mal, vit mal.

HEIBER, *est resté à proximité de Pfeifer, pour attendre un instant favorable. Il a souri à la réplique de Pfeifer, et il se rapproche alors de lui, et lui parle sur le même ton que la première fois :*

M'sieu Feifer, si c'était un effet de vot' bonté, si vous vouliez être assez bon, pas me retenir mon avance aujourd'hui ; c'est que voyez-vous, depuis le Carême, ma pauv' fille est au lit, tout estropiée. A peut pus rien faire, et j'suis obligé de payer une bobineuse. Vous comprenez bien, m'sieu Feifer, y a pas d' not' faute.

PFEIFER, *prenant une prise.*

Mon brave Heiber, je n'ai pas que vous à penser. Il faut que je m'occupe aussi des autres.

REIMANN

On m'a donné le fil comme ça, je l'ai retiré du métier comme j'y avais mis ; j'peux pas rapporter du fil meilleur que c'lui qu'on me donne.

PFEIFER

Si le fil vous plait pas, vous n'avez qu'à ne plus venir en chercher. Y a assez d'ouvriers qui s'useraient le cuir des talons à venir le prendre comme il est.

NEUMANN, *à Reimann.*

Vous ne voulez pas prendre l'argent ?

REIMANN

Y a pas mon compte.

NEUMANN

Bon. (*Sans plus s'occuper de Reimann*). Heiber, dix groschen ; à déduire cinq groschen d'avance, reste cinq groschen.

HEIBER, *s'approche, jette un regard sur la somme, secoue la tête comme s'il ne pouvait croire à ce qui arrive, et prend enfin les pièces une à une, en soupirant.*

Ah! misère, misère... Enfin!

LE VIEUX BAUMERT, *à Heiber, le regardant en face.*

Ah! oui, mon pauv' François, y a de quoi geindre, c'est pas commode, la vie.

HEIBER, *péniblement.*

Pense donc, y a ma pauv' fille, qu'est malade. Y faudrait y acheter des drogues.

LE VIEUX BAUMERT

Où qu' c'est qu'a souffre!

HEIBER

Ben, on n'sait pas, vois-tu. Elle est toute patraque, depuis qu'elle est au monde. Bien sûr, qué'que vice qu'elle a dans l'sang.

LE VIEUX BAUMERT

Misère de misère! Quand on est pauvre, on a tous les malheurs. Et y a pas de fin à ça, pas de remède!

HEIBER

Quoi qu't'as là, dans ton mouchoir?

LE VIEUX BAUMERT

Vois-tu, chez-nous, on est aussi à sec; et j'ai fait abattre not' chien. Y aura pas gros à manger, il était à moitié crevé de faim. Mais il était si gentil... Je l'ai donné à d'autres pour ça. Moi, j'aurais pas eu le cœur, de le tuer.

PFEIFER, *après avoir examiné la pièce de Baecker.*

Baecker, treize groschen.

BÆCKER

C'est une aumône, ça; c'est pas un salaire.

PFEIFER

Ceux qui sont payés peuvent bien s'en aller. Y a pus moyen de bouger ici.

BÆCKER *à ceux qui l'entourent, sans baisser la voix.*

C'est une misérable aumône, un pourboire, rien de plus. Et pour ça, faut trimer du matin au soir, passer la moitié des nuits. Et quand on s'est esquinté, qu'on s'est à moitié crevé, on a gagné treize groschen.

PFEIFER

Vous n'êtes pas ici pour gueuler comme ça.

BÆCKER

C'est toujours pas vous qui me ferez taire.

PFEIFER, *se levant brusquement.*

Nous verrons bien (*Allant à la porte vitrée et appelant*). Monsieur Dreissiger! monsieur Dreissiger, voudriez-vous avoir la bonté?...

DREISSIGER, *entre. C'est un homme de quarante ans environ, encore jeune, mais avec de l'embonpoint, et asthmatique. D'un air sévère.*

Qu'est-ce qui se passe?

PFEIFER, *sournoisement.*

J'ai commandé à Bæcker de se taire, y refuse de m'obéir.

DREISSIGER, *rejette la tête en arrière pour se donner une contenance, et tout frémissant.*

Ah ! ah ! Bæcker !... (*à Pfeifer en désignant Bæcker*). C'est ça, Bæcker ? (*Ses employés font un signe affirmatif*).

BÆCKER, *insolemment.*

Oui, oui, m'sieu Dreissiger. (*Se désignant*). C'est ça, Bæcker ! (*Désignant Dreissiger*). Et m'sieu Dreissiger, c'est ça !

DREISSIGER, *indigné.*

Eh bien, vous en avez un toupet !

PFEIFER.

Y paraît que ça marchait trop bien, pour lui. Mais tant va la cruche à l'eau...

BÆCKER.

Tu vas te taire, toi, vilain sorcier, fermer ta sale gueule de fils du diable ; ta mère a dû aller au sabbat, et coucher avec le démon, pour mettre au monde une vilaine bête comme toi.

DREISSIGER, *éclatant de colère.*

Silence tout de suite, silence, ou sinon... (*Il tremble de colère, et fait quelques pas vers Bæcker*).

BÆCKER, *l'attendant de pied ferme.*

J'suis pas sourd ; pas besoin de crier comme ça.

DREISSIGER, *reprenant possession de lui-même, demande avec un calme apparent.*

Est-ce que ce garnement-là n'était pas de la bande d'hier soir.

PFEIFER.

C'est un tisserand de Bielau. On est toujours sûr de les trouver où y a qué'ques mauvais coups à faire.

DREISSIGER, *la voix toute tremblante.*

Eh bien, retenez ce que je vais vous dire. S'il arrive encore une seule fois qu'une bande d'ivrognes, de voyous, passe devant chez moi, comme hier soir, en chantant cette ignoble chanson...

BECKER

La chanson du linceul.....?

DREISSIGER

On sait ce que je veux dire. Eh bien, je le répète. si j'entends encore une seule fois cette chanson, sur mon honneur, je fais arrêter l'un de vous, et je le livre à la justice. Vous verrez si je plaisante. Et si je découvre qui est-ce qui l'a faite, cette ordure de chanson.

BECKER

Faut pas la blaguer, c'est une belle chanson...

DREISSIGER

Si vous dites encore un mot, vous, je vous fais arrêter tout de suite. Ça ne sera pas long. Et on saura vous saler; j'en ai déjà fait saler d'autres.

BECKER

Oh! mais, j'en doute pas. Un gros fabricant comme vous, fichtre! ça a même vite fait de faire saler deux ou trois cents tisserands. Passez muscade, ça y est. On leur laisse même pas qué'ques os frais. Et un gros fabricant, ça peut tout manger, ça a quatre estomacs, comme les vaches. et une mâchoire comme celle des loups.

DREISSIGER, *à ses employés.*

Pas besoin de vous dire de ne plus donner de travail à cet homme-là !

BÆCKER

Crever devant le métier, ou dans un fossé, quéqu'ça peut me foutre, à moi.

DREISSIGER

A la porte, tout de suite, à la porte.

BÆCKER, *d'un ton décidé.*

D'abord, ma paye.

DREISSIGER, *à Neumann.*

Combien lui revient-il ?

NEUMANN

Treize groschen.

DREISSIGER *prend violemment l'argent des mains du caissier et le jette sur la table. Quelques pièces roulent à terre.*

Voilà, — et maintenant, vite, filez.

BÆCKER

Quand on m'aura donné ma paye.

DREISSIGER

Je l'ai donnée. Et si vous ne filez pas... il est midi, mes teinturiers vont sortir....

BÆCKER

Y m' faut mon argent, dans ma main, là. (*Des doigts de la main droite, il touche la paume de sa main gauche*).

DREISSIGER, *au commis.*

Ramassez-le, Tilgner. (*Le commis obéit, et met l'argent dans la main de Becker*).

BECKER

Avec moi, faut être convenable (*Il met l'argent, sans se presser, dans un vieux porte-monnaie*).

DREISSIGER

Eh bien? (*Voyant que Becker ne se presse pas de sortir, il reprend impatiemment*). Faut-il aller vous aider? — (*Un mouvement se produit dans le groupe compact des tisserands. Quelqu'un a poussé un long et profond soupir. On entend une chute. Toute l'attention se porte de ce côté*). Que se passe-t-il là-bas?

PLUSIEURS TISSERANDS ET FEMMES DE TISSERANDS

Un petit qu'a une attaque! — Un petit qu'est tombé. — P' t'êt' tombé du haut mal? — On sait pas c'qu'il a.

DREISSIGER, *s'approchant.*

Quoi? comment?... Une attaque!

UN VIEUX TISSERAND

Il est là, couché par terre. (*On fait place, et on aperçoit alors un enfant de huit ans environ, étendu sans connaissance sur le sol*).

DREISSIGER

Quelqu'un le connait-il, ce petit?

LE VIEUX TISSERAND

Y n'est pas d' not' village.

LE VIEUX BAUMERT

Ça a tout à fait l'air d'être un petit aux Heinrichen.

(*Il le regarde de plus près*). Oui, c'est le petit Gustave Heinrichen.

DREISSIGER

Où demeurent ses parents?

LE VIEUX BAUMERT

Là haut, tout près de chez nous, à Kaschbach, monsieur Dreissiger. Y va chanter sur les routes, quand y peut pas travailler au métier. Ils ont neuf enfants, et le dixième est en route.

PLUSIEURS TISSERANDS ET FEMMES DE TISSERANDS

Y sont dans la misère. — Une cahute en ruine. — Pas de pain. — Y a pas deux chemises pour les neuf enfants.

LE VIEUX BAUMERT, *occupé à relever le petit.*

Eh bien, voyons, mon petit, quoi qu'y a donc? Voyons, voyons, faut se réveiller.

DREISSIGER

Prenez-le avec moi, qu'on le relève. C'est une folie de faire faire un si long chemin à un enfant si faible. Pfeifer, apportez un peu d'eau.

UNE FEMME DE TISSERAND, *qui aide à relever l'enfant.*

Va pas faire de bêtises, mon petit, faut pas mourir.

DREISSIGER

Pfeifer, apportez plutôt du cognac, ça vaudra mieux.

BECKER, *oublié de tous, est resté à observer ce qui se passe. La main sur la serrure, il crie d'une voix forte et railleuse :*

Donnez-lui plutôt quéqu'chose à manger, et y se remettra. (*Il sort*).

DREISSIGER

Ça ne va pas. — Prenez-le sous le bras, Neumann. — Doucement... doucement..., là, là... Portons-le dans ma chambre... Quoi, qu'est-ce qu'il y a?

NEUMANN

Il a dit qué'que chose, monsieur Dreissiger. Y remue les lèvres.

DREISSIGER

Quoi? — Qu'est-ce que tu veux, petit?

L'ENFANT (*avec difficulté*).

J'ai... j'ai faim.

DREISSIGER, *réprimant un mouvement d'effroi.*

On ne comprend pas ce qu'il dit.

UNE FEMME DE TISSERAND

Je crois bien... qu'y disait...

DREISSIGER

Bien, bien, nous verrons. Qu'il ne reste pas ici, d'abord. — Chez moi, sur le canapé, il sera très bien. Nous verrons ce que dira le médecin. (*Dreissiger, Neumann, et la femme de tisserand conduisent le petit dans la pièce voisine. Il se produit un mouvement parmi les tisserands, comme chez les écoliers quand le maître a quitté la classe. On s'étire, on murmure, on change d'attitude, et au bout de quelques instants la conversation devient bruyante et générale*).

LE VIEUX BAUMERT

Je crois bien que Baecker avait raison.

PLUSIEURS TISSERANDS ET FEMMES DE TISSERANDS

Le gosse l'a bien dit qu'il avait faim. — C'est pas du nouveau, ça, qu'on crève de faim. — Qué qu'nous ficherons, l'hiver, si on continue comme ça à réduire nos salaires — Surtout que la récolte des pommes de terre a été si mauvaise — Mes pauvres enfants, si vous croyez que ça changera jamais! — Qui sait, quand nous serons tous claqués!

LE VIEUX BAUMERT

Le plus malin, c'est encore le tisserand Nentwich, qui s'est passé une corde au cou, et qui s'est pendu, à son métier. Tiens, prends une prise, mon vieux. J'ai été à Neurode, où que travaille mon beau-frère, dans la fabrique où qu'on fait le tabac. C'est lui qui m'en a donné. Mais qué qu'y a de beau comme ça dans ton mouchoir?

LE VIEUX TISSERAND

Un peu de farine. Le meunier d'Ullbrich, avec son chariot, marchait devant moi. Y a un sac qui s'est un peu renversé. Y m'a laissé ramasser ce qu'était tombé. J'en avais bigrement besoin, je te prie de croire.

LE VIEUX BAUMERT

Y a vingt-deux moulins à Peterschwalde, mais y en a pas beaucoup qui tournent pour nous.

LE VIEUX TISSERAND

Ben, faut tout de même pas se décourager, y finit toujours par arriver qué qu'chose qui vous aide un peu.

HEIBER

Et quand on a faim, prier tous les saints du paradis. Mais si ça n'aide pas? Se mettre une pierre dans la bouche et la sucer? Dis, Baumert! *(Dreissiger, Pfeifer et le caissier rentrent.)*

DREISSIGER

Ce n'était rien. Le petit est déjà tout à fait remis. *(Allant et venant avec agitation. Il s'arrête parfois tout essoufflé.)* N'empêche que c'est stupide de faire faire de pareilles courses à un gamin, gros comme un fétu, qu'on renverserait d'un souffle. Je ne comprends pas qu'il y ait des gens... des parents, pour manquer de conscience à ce point-là. Lui faire faire une lieue et demie, avec deux pièces de futaine sur le dos. C'est à ne pas y croire. A l'avenir, je défends qu'on reçoive les pièces tissées qui seraient apportées par les enfants. *(Il fait encore quelques pas en silence.)* En tous cas, je ne veux plus que pareille chose arrive. Au bout du compte, qui est-ce qu'on en fait responsable? Les fabricants, parbleu! C'est nous qui sommes cause de tout. Qu'un pauvre petit diable comme celui-là, un jour d'hiver, aille s'arrêter dans la neige, et s'y endormir, il y aura toujours un reporter qui arrivera on ne sait d'où pour s'enquérir du fait, et deux jours après ça fera le tour des journaux. Le père, les parents, qui ont envoyé l'enfant dans la neige, ce n'est pas leur faute, à ceux-là; c'est nous les boucs émissaires. Les tisserands on les flatte toujours: nous, on nous tape dessus. Le fabricant, c'est un homme sans cœur, un roc de dureté, un être dangereux, après qui tous les chiens ont le droit d'aboyer. Il vit dans l'opulence, et ne donne qu'un salaire dérisoire à ses ouvriers. Qu'un tel homme ait ses soucis, ses nuits d'insomnie, qu'il coure des risques dont l'ouvrier ne peut même pas se faire une idée, qu'il perde la tête à force de calculer, qu'il ne passe pas un jour sans contrariétés ou déceptions, qu'il doive penser à mille choses, dont chacune est pour lui une question de vie ou de mort, tout cela, ça leur est égal aux faiseurs de belles phrases. Dieu sait pourtant tout ce qui dépend des fabricants, et combien de monde ils font vivre! Ah! Ah! je voudrais vous voir dans ma peau, un peu de temps en temps; vous en auriez vite assez. (*Après qu'il s'est un peu repris*) Et ce vaurien, ce coquin de Bæcker, voyez un peu comme il s'est conduit. Ce qui ne l'empêchera pas d'aller crier partout que je suis un être sans cœur, que pour un oui ou pour un non, je chasse mes ouvriers! Eh bien voyons, est-ce vrai, ça? est-ce que je suis un être sans cœur?

BEAUCOUP DE VOIX

Mais non, mais non, monsieur Dreissiger.

DREISSIGER

Eh! parbleu, je le sais bien! Ça n'empêche pas ces brutes de se promener le soir dans les rues, en chantant d'ignobles couplets sur nous, les fabricants. Il paraît qu'on les laisse mourir de faim! Ça ne les empêche pas de trouver de quoi se soûler, boire du genièvre à pleins verres. Qu'ils aillent donc mettre leur nez ailleurs, ne serait-ce que comparer leur position à celle des tisseurs de toile. Ceux-là peut-être pourraient parler de misère. Mais vous autres, tisseurs de futaine, vraiment, je ne vois pas de quoi vous auriez à vous plaindre, et vous pouvez plutôt remercier Dieu de m'avoir pour patron. J'en appelle à mes vieux ouvriers, les bons travailleurs, qui sont ici : un tisserand, qui connaît bien son affaire, peut-il s'en tirer chez moi, oui ou non ?

BEAUCOUP DE VOIX

Oui, monsieur Dreissiger.

DREISSIGER

Qu'est-ce que je vous disais ! Un vaurien comme ce Bæcker, non, parbleu ! Mais croyez-moi, tenez-le en laisse. Si on me pousse à bout, je ferme boutique. Nous verrons alors où vous trouverez de l'ouvrage ! Sûrement pas chez monsieur Bæcker !

LA FEMME DE TISSERAND, *qui a déjà demandé une avance au commencement de la scène. Elle s'approche de Dreissiger, et lui secoue la poussière de sa manche avec une humilité rampante.*

Vous vous êtes un peu sali, monsieur Dreissiger.

DREISSIGER

Les affaires ne vont pas, vous le savez bien. Je perds de l'argent au lieu d'en gagner. Si, malgré tout, je m'arrange de façon à donner du travail à mes tisserands, je veux au moins qu'on m'en sache gré. J'ai là des milliers de ballots, dont je ne sais pas si je pourrai jamais me débarrasser. — Maintenant, j'ai appris que beaucoup de tisserands des environs sont sans travail... Mais non, Pfeifer vous expliquera ça. Je veux seulement vous montrer comme je suis bien disposé. Je ne peux pas distribuer d'aumônes, je ne suis pas assez riche pour ça. Mais je veux essayer, autant que je peux, de fournir à ceux qui n'ont rien à faire l'occasion de gagner au moins quelques groschen. Le risque que ça me fait courir, cela, ça me regarde. Mais je me dis : il vaut encore mieux qu'un homme travaille le quart de sa journée, que de ne rien faire du tout, et de mourir tout à fait de faim. N'ai-je pas raison ?

BEAUCOUP DE VOIX

Certainement, monsieur Dreissiger, certainement.

DREISSIGER

Je suis donc disposé à fournir encore du travail à deux cents tisserands... Pfeifer vous expliquera les conditions (*Il va pour sortir*).

LA FEMME DE TISSERAND, *lui barre le passage, et lui parle avec précipitation, d'une voix de suppliante.*

Cher monsieur Dreissiger, je voudrais vous demander, vous faire une petite prière... si peut-être vous pouviez... j'ai déjà eu deux attaques.

DREISSIGER, *se hâtant.*

Parlez à Pfeifer, ma bonne femme, je suis déjà en retard (*Il passe devant elle*).

REIMANN, *se place à son tour devant lui, et sur un ton de plainte maladive.*

Monsieur Dreissiger, j' suis vraiment obligé de réclamer... monsieur Feifer m'a donné... j'ai toujours eu treize groschen pour mes pièces...

DREISSIGER, *lui coupe la parole.*

Tenez, voilà l'expéditeur, allez le trouver : c'est à lui qu'il faut vous adresser.

HEIBER, *relevant Dreissiger.*

Cher monsieur Dressiger... (*Il se trouble et balbutie*). Si c'était un effet de vot' bonté... si pt' être vous vouliez bien... ou si pt' être monsieur Feifer voulait bien... s'y voulait bien...

DREISSIGER

Qu'est-ce que vous voulez ?

HEIBER

Une petite avance, parce que la dernière fois... j' croyais... je pensais...

DREISSIGER

Mais je ne vous comprends pas !

HEIBER

C'est que j'ai été un peu gêné, parce que...

DREISSIGER

Tout ça regarde Pfeifer... je ne peux pas m'occuper de tout... Arrangez ça avec Pfeifer. (*Il s'esquive par le comptoir. Les trois suppliants se regardent d'un air consterné, et ils se retirent l'un après l'autre en soupirant*).

PFEIFER, *recommençant son travail de vérification.*

Eh bien, Annette, qu'est-ce que tu apportes ?

LE VIEUX BAUMERT

Et qu'est-ce qu'on paiera, la pièce, m'sieu Feifer ?

PFEIFER

La pièce tissée ?... dix groschen.

LE VIEUX BAUMERT

Heu !... ça peut encore aller.

(Mouvement parmi les tisserands. Chuchotements et murmures).

PERSONNAGES DU DEUXIÈME ACTE

LE VIEUX BAUMERT.

LA MÈRE BAUMERT, sa femme.

AUGUSTE, leur fils.

EMMA, BERTHA, leurs filles.

FRITZ, enfant naturel d'Emma.

LE VIEUX ANSORGE, tisserand logeur.

LA FEMME HEINRICH, femme de tisserand.

MAURICE JÆGER, soldat libéré, ancien compagnon tisserand.

DEUXIÈME ACTE

La petite chambre du logeur Guillaume Ansorge. à Kaschbach, dans l'Eulengebirge.

C'est une pièce étroite et qui n'a pas six pieds de haut. Le plancher est à moitié pourri. Les poutres sont tout enfumées. Deux jeunes filles, Emma et Bertha Baumert sont assises à des métiers de tisserand. La mère Baumert, une vieille ratatinée, est assise sur un tabouret, près du lit, avec un rouet devant elle. Son fils Auguste, vingt ans, à tête toute petite, à l'air idiot, au torse étroit, les mains en pattes d'araignée, est assis sur un escabeau, occupé à dévider des écheveaux. Au mur de gauche, il y a deux petites fenêtres étroites, dont les carreaux cassés sont assujettis par des bandes de papier, et dont les trous sont bouchés avec de la paille. C'est l'heure du crépuscule. Une faible lueur rose pénètre dans la pièce, éclairant un peu la chevelure d'un blond pâle des jeunes filles, libre sur leurs nuques frêles, aux couleurs de cire, et sur leurs épaules maigres et nues. Elles portent une chemise de toile écrue, et un jupon court de laine grossière. C'est là tout leur habillement. Le visage et le cou de la vieille ont un ton graisseux, la figure est tout émaciée, la peau exsangue est toute creusée de rides; les yeux sont abattus, rouges, aqueux, par suite du travail à la lumière et de la vie continuelle au milieu de la poussière de laine et de la fumée. Un cou goîtreux, sillonné de plis. La poitrine affalée est recouverte de linges et de loques en désordre. Une partie de la muraille est cachée par le poêle et le lit. Au mur, il y a quelques images pieuses, aux couleurs crues, que les derniers rayons du soleil éclairent encore. Sur une barre, près du poêle, sèchent quelques guenilles. Derrière le poêle, un amas de vieux ustensiles misérables. Sur le banc qui est tout près du poêle, quelques pots et assiettes ébréchées. Des pelures de pommes de terre ont été mises à sécher sur un papier. Aux poutres du plafond sont suspendus des paquets de fils et des dévidoirs. A côté des métiers, il y a de petites corbeilles avec des bobines. Au mur du fond, une porte basse, sans serrure. Non loin de là, un faisceau de verges d'osier, posé verticalement le long du mur, et, tout près, plusieurs corbeilles à demi-démolies. On entend le bruit fait par les métiers, la marche des navettes, le claquement des bois, faisant trembler les parois de la pièce, en même temps que le bourdonnement continu et profond des rouets.

LA MÈRE BAUMERT, *d'une voix plaintive, épuisée, au moment où elle s'aperçoit que ses filles cessent de tisser et se penchent sur le métier.*

Encore des fils de cassés ! Et vous allez encore faire des nœuds.

EMMA (*l'aînée des filles, 22 ans*) *en renouant les fils cassés.*

Avec du fil comme celui-là, y a pas moyen de faire autrement.

BERTHA (15 *ans*).

Tu faisais pt'être aller la chaîne trop fort.

EMMA

Où donc le père peut-y être ? Il est parti depuis neuf heures.

LA MÈRE BAUMERT

J'sais pas... où qu'c'est qui peut bien être !

BERTHA

Faut pas s'faire des misères pour ça... (*Emma recommence à tisser*). Ecoute, Emma.

EMMA

Qu'est qu'y a ?

BERTHA

Y m'semblait qu'y venait que'qu'un.

EMMA

Ça doit être Ansorge qui rentre. Non, c'est Fritz.

FRITZ (*un petit de quatre ans, pieds nus, en haillons, entre en pleurant*).

Mère, j'ai faim.

EMMA

Attends un peu, mon petit Fritz, grand-père va rentrer, y aura du pain et du café.

FRITZ

J'ai tant faim, petite mère.

EMMA

Fais pas le sot, puisque je te dis que grand-père va rentrer. Et y aura un beau petit pain pour toi, et du café, entends-tu, tant qu'on voudra ! On va s'amuser. Et puis maman prendra les pelures de pommes de terre, et ira les porter chez l'fermier, pour payer une belle mesure de lait battu, et ça sera pour le petit Fritz.

FRITZ

Où qu'il est parti, grand-père ?

EMMA

Chez le fabricant, mon petit Fritz, pour livrer une chaîne.

FRITZ

Chez le fabricant ?

EMMA

Oui, chez le fabricant, chez Dreissiger, à Peterschwalde.

FRITZ

Y donnera-t-y du pain, le fabricant ?

EMMA

Oui, et puis de l'argent pour en acheter d'autre.

FRITZ

En aura-t-y beaucoup d'argent, grand-père ?

EMMA

Ah ! tu m'embêtes, avec tes questions (*Elle recommence à tisser, ainsi que Bertha, mais presque aussitôt elles s'arrêtent toutes les deux*).

BERTHA

Auguste, va donc voir si Ansorge va pas bientôt allumer (*Auguste s'éloigne. Fritz le suit*).

LA MÈRE BAUMERT, *avec une angoisse croissante, presque enfantine, et les larmes aux yeux.*

Où qu'y peut bien être allé, vot'père?

BERTHA

Y sera entré chez Hauffen.

LA MÈRE BAUMERT, *pleurant.*

Pourvu qu'y soit pas allé au cabaret !

EMMA

Pleure donc pas, mère ; le père est pas un homme à ça.

LA MÈRE BAUMERT, *laissant éclater les craintes terribles qui l'assaillent.*

Quoi qu'on deviendrait, nous autres, s'y fallait... s'y fallait qu'y s'soit laissé entraîner... s'il a tout bu, et qu'y rapporte plus un pfennig!... Y a même pas une pincée de sel à la maison, pas un croûton de pain, pas un morceau de charbon !...

BERTHA

Pleure pas pour ça, mère, l'charbon on le remplacera. Y fait clair de lune, ce soir, nous irons avec Auguste ramasser du bois mort dans la forêt.

LA MÈRE BAUMERT

Oui, pour que le garde vous fasse un procès !

ANSORGE, *un vieux tisserand, qui est obligé de se courber profondément pour entrer dans la chambre ; il passe la tête et le buste par la porte. Cheveux et barbe en désordre.*

Quoi qu'vous vous vouliez ?

BERTHA

Que vous allumiez la lampe.

ANSORGE, *la voix assourdie, comme s'il y avait un malade.*

Mais y fait encore clair.

LA MÈRE BAUMERT

Mais non, tu nous laisses toujours à voir goutte.

ANSORGE

Faut aussi que j'voie à m' tirer d'affaire (*Il se retire*).

BERTHA

Est-il assez rat, encore !

EMMA

Faut attendre qu'y veuille bien.

LA FEMME HEINRICH, *entre. (Trente ans. Elle est enceinte. Sa figure tirée témoigne de nombreux soucis et d'angoisse).*

Bonsoir, tout le monde.

LA MÈRE BAUMERT

Eh bien, Heinrich, quoi qu'y a d'nouveau ?

LA FEMME HEINRICH, *boitant.*

Je m'ai enfoncé un tesson dans l'pied.

BERTHA

Viens t'asseoir ici. J'vas tâcher d' l'ôter *(La femme Heinrich s'assied. Bertha s'agenouille devant elle, et s'occupe à retirer le tesson).*

LA MÈRE BAUMERT

Et chez toi, Heinrichen, comment qu'ça va ?

LA FEMME HEINRICH, *désespérément.*

Ah ! ça n'ira pus longtemps *(Elle éclate en sanglots).*

LA MÈRE BAUMERT

C' qui y aurait d' mieux pour des gens comme nous, ça serait que l' bon Dieu nous fasse la grâce ed' mourir.

LA FEMME HEINRICH, *tout en continuant à pleurer convulsivement.*

Mes pauv' petits crèvent de faim *(Elle pousse de petits cris plaintifs).* J' sais pus à quel saint me vouer. On a beau faire, y a pas moyen d'en sortir. Neuf gosses à nourrir. Avec quoi ? mon Dieu ! L'aut'soir, y avait un p'tit croûton de pain, pas même assez pour les deux plus petits. Ils en voulaient tous, y z'étaient tous pendus à mes jupons, à crier : moi, p'tite mère, moi !... Et encore jusqu'à maintenant j'ai pu marcher, quoi qu'y deviendront, quand j' pourrai pus, qu'y faudra que j'reste couchée. L'eau nous a pourri nos pommes de terre, et c'était not' reste, maintenant, à la maison, y a même pus rien à grignoter.

BERTHA *a enlevé le tesson du pied malade, et lavé la blessure.*

On va mett' une compresse autour. Cherche un bout de linge, Emma.

LA MÈRE BAUMERT

Chez nous, ça va pas mieux, Heinrichen.

LA FEMME HEINRICH

Au moins t'as tes filles, toi, t'as un homme qui peut travailler. L' mien a encore eu une attaque ed' son mal l'aut' semaine. Quand ça y prend, y casse tout, y sait pus c' qu'y fait, y a pas moyen d' l'empêcher. Et quand l'attaque est passée, il en a pour huit jours à rester couché.

LA MÈRE BAUMERT

L' mien commence à n' pus pouvoir grand chose, non plus, y devient patraque. C'est dans la poitrine et dans les reins, qu'y s' sent pas bien. Et y a pus un pfennig à la maison, s'y rapporte pas qué'ques groschen aujourd'hui, j' sais pas c' qu'on va devenir.

EMMA

Ma parole, Heinrichen, on est à bout, et le père a même dû faire abattre not' pauv' petit chien, qu'on ait qué'que chose à s' mettre sous la dent.

LA FEMME HEINRICH

Vrai ? Vous auriez même pas une p'tite poignée de farine ?

LA MÈRE BAUMERT

Pas ça, Heinrichen ; pas même un grain de sel.

LA FEMME HEINRICH

Alors, j' sais pas... (*Elle se lève et reste debout, semblant réfléchir*). Non, j' sais vraiment pas... Y a pus d'espoir... (*avec un cri de détresse*). De la nourriture de cochons, je m'en contenterais ! J' peux pourtant pas rentrer chez moi les mains vides, c'est pas possible ! Alors, que Dieu me pardonne ! y a pus moyen d'y échapper ! (*Elle sort rapidement, tout en continuant à boiter du pied gauche*).

LA MÈRE BAUMERT, *lui crie par sollicitude.*

Heinrichen, surtout, ne va pas faire la bêtise...

BERTHA

Aie pas peur, va, a s' fera pas mal.

EMMA

A crie toujours comme ça. (*Elle s'est remise à son métier, et tisse quelques instants jusqu'à la rentrée d'Auguste, qui porte une chandelle allumée, éclairant son père, le vieux Baumert, qui pénètre dans la chambre en traînant un paquet de fils*).

LA MÈRE BAUMERT

Seigneur Jésus ! mon homme, où qu' t'as pu rester comme ça si longtemps ?

LE VIEUX BAUMERT

La, la, on croirait qu' tu vas m'avaler. Laisse-moi

reprendre haleine au moins. Et regarde plutôt qui que c'est que j' t'amène.

MAURICE JÆGER, *entre en se courbant, à cause de la porte.*

(C'est un réserviste, de taille moyenne, robuste, les joues rouges, le bonnet de hussard sur l'oreille. Il a des habits et des souliers convenables et une chemise propre sans col. Aussitôt entré, il prend une pose militaire pour saluer).

Bonsoir, tante Baumert.

LA MÈRE BAUMERT

Tiens, tiens, te v'là reveuu. Tu nous a donc pas encore oubliés ! Assis-toi, mon gars... avance, assis-toi là.

EMMA, *nettoie un escabeau avec sa jupe, et elle l'avance pour Jæger.*

Bonsoir, Maurice ; tu viens donc encore voir de quoi qu'y retourne, chez des pauv' diables comme nous autres ?

JÆGER

Mais, dis-moi donc, Emma, j'voulais pas l'croire : t'as un petit gosse, qui sera bientôt assez grand pour faire un fantassin ! Où donc qu' t'as déniché ça ?

BERTHA *a débarrassé son père des petites provisions qu'il apportait, elle a mis la viande dans une casserole, qu'elle glisse dans le four du poêle, pendant qu'Auguste fait du feu.*

T'as pas connu le tisserand Finger ?

LA MÈRE BAUMERT

Y logeait ici dans une petite chambre. Y voulait se marier avec elle, mais y s'en allait déjà de la poitrine.

J'y ai pourtant assez dit, à elle, d'pas s'laisser faire. J't'en fiche! L'autre, maintenant, il est mort et enterré depuis longtemps. Et qu'a s' débrouille, elle, avec son p'tit!..... Mais toi, Maurice, quoi qu't'es devenu?

LE VIEUX BAUMERT

T'inquiète pas, la mère, c'est un malin, l'gars! Y peut s'fich' de nous maintenant. Y porte des habits de prince, il a une montre à cylindre, en argent; et, par-dessus le marché, dix bons thalers, de la bonne marque, dans sa poche.

JÆGER, *avec une naïve vantardise.*

Oui, j'ai pas à m' plaindre; j'ai pas été malheureux au régiment.

LE VIEUX BAUMERT

Il a été domestique chez son commandant. T'as qu'à l'écouter, y parle comme les gens du beau monde.

JÆGER

Oui, j' m'ai habitué à bien parler, y aurait plus d' moyen que j' m'en défasse.

LA MÈRE BAUMERT

Mais faut qu' tu m' dises aussi : un prop' à rien comme toi, comment qu' t'as fait pour gagner tant d'argent! Y a pas à dire, t'avais jamais été bon à rien, t'étais seulement pas fichu de dérouler un écheveau. Toujours dehors, à poser des pièges à souris, à dénicher des rouges-gorges. T'aimais mieux ça, pas vrai?

JÆGER

Parbleu oui, qu' c'est vrai, tante Baumert, mais j'dénichais pas seulement des rouges-gorges, des hirondelles aussi.

EMMA

Oui, nous t'disions tout le temps qu' c'est un péché d' prendre des hirondelles.

JÆGER

J'men fichais pas mal, hein ? ça m'arrêtait pas d'en prendre... Eh bien, mais, chez vous, tante Baumert, quoi qui s'est passé ?

LA MÈRE BAUMERT

Ah ! Seigneur Jésus, ç'a été ben d'la misère tout depuis quatre ans. J'tiens pus d'bout. Et mes pauv' doigts, regarde-moi ça ! j'sais seulement pas c'que j'ai. Des rhumatismes ! Et j'suis fourbue, j'peux pus remuer un membre. Vois-tu, y a personne qui peut s'en faire une idée d'tout c'que j'souffre.

LE VIEUX BAUMERT

Oui, a va pas du tout, a n'en a sans doute pus pour longtemps !

BERTHA

L'matin, faut qu'on y mette ses hardes, qu'on y retire cl'soir ! y faut y donner son manger comme à un nourrisson.

LA MÈRE BAUMERT *continuant d'une voix plaintive et pleurnicharde.*

J'ai besoin qu'on m'aide pour tout. C'est bien pire qu'si c'était une maladie, j'suis pus bonne à rien, qu'à être à charge aux autres. J'demande tout le temps au bon Dieu qu'y m'fasse mourir. Seigneur Jésus, vraiment, y a pas moyen d'y tenir... j'sais pas... les gens pourraient ben croire... j'ai pourtant été habituée à travailler depuis que j'suis au monde, et v'là que tout d'un coup (*elle essaie vainement de se soulever*)...

y a pus moyen, j'peux pus rien faire... J'ai un brave homme, et de bons enfants, mais quand y faut voir ça... la mine qu'elles ont, les filles ! elles n'ont seulement pas d'sang dans les veines; blanches comme des linges ! Mais y a pas ! faut trimer devant le métier, tant pis si ça vous détruit la santé ! Quelle chienne de vie ! Pas bouger d'là, d'toute l'année ! Rien à s'mettre su' l'dos, pour être un peu présentable, ou aller à l'église. Jamais un peu de plaisir. Elles ont l'air de pendues, et c'est des filles de quinze et vingt ans !

BERTHA, *près du poêle.*

V'là qu'ça recommence à fumer.

LE VIEUX BAUMERT

Ah ! oui, la sale fumée. Y a de quoi étouffer. Il est tout disloqué, c' poêle-là, faut l' laisser s'démolir, et avaler la fumée. Nous toussons du matin au soir, à qui mieux mieux, jusqu'à en cracher nos poumons. Mais personne s'en inquiète.

JÆGER

C'est à vot' logeur, c'est à Ansorge à arranger ça.

BERTHA

Oui, y nous ferait une belle tête, si on y demandait. Y nous regarde déjà d'un air !...

LA MÈRE MAUBERT

Y trouve qu' nous occupons trop de place.

LE VIEUX BAUMERT

Si on se plaignait, y nous ficherait dehors. Y a près d'six mois qu'on a pas pu y donner un pfennig.

LA MÈRE BAUMERT

Un homme si bien ! Y devrait être plus raisonnable.

LE VIEUX BAUMERT

Y n'a rien non plus, la mère ; y fait pas de manières, mais ça marche pas non plus, ses affaires.

LA MÈRE BAUMERT

Il a toujours sa maison, au moins !

LE VIEUX BAUMERT

C'est c' qui t'trompe, la mère, d'cette maison ici, y a pus une pierre qui y appartient.

JÆGER, *s'est assis, il a tiré d'une de ses poches une courte pipe, ornée d'un beau gland, et d'une autre poche une gourde d'eau-de-vie.*

Ça pourra pas durer comme ça. Ma parole, c'est trop de misère. Dans les villes, les chiens vivent mieux qu' vous

LE VIEUX BAUMERT, *avec agitation.*

N'est-ce pas ! Tu l'vois, qu'ça peut pas durer ! Mais si on dit ça aux gens, y vous répondent qu'c'est seulement un mauvais temps à passer !

ANSORGE *entre, portant une écuelle de terre remplie de soupe d'une main, de l'autre il tient une corbeille, à moitié tressée.*

Tiens, Maurice ! Bonjour, mon garçon. Te v'là revenu !

JÆGER

Mais oui, père Ansorge, bonjour.

ANSORGE, *rangeant son écuelle.*

Et comme te v'là beau, t'as presque l'air d'un comte.

LE VIEUX BAUMERT

Fais donc voir ta belle montre. Un costume tout neuf qu'il a ! Et dix bons thalers d'argent.

ANSORGE, *secouant la tête.*

Eh ! eh !... oui, oui.

EMMA, *mettant les pelures de pomme de terre dans un petit sac.*

Je m'en vais porter les pelures. (*Elle sort*).

JÆGER *tous l'écoutent attentivement*).

Eh bien, vous voyez, m' faisait-on assez d' reproches pourtant! Attends un peu qu'on me disait, tu verras quand tu seras soldat! Eh ben, je l'ai été, soldat, et vous voyez qu'ça m'a réussi. J'en ai vu de dures, ça, faut l' dire. Dans l' métier, faut obéir, v'là tout. Cirer les bottes au brigadier, bouchonner le cheval, chercher d' la bière. Moi, j'étais un malin, j'faisais tout c'qu'on voulait. Toujours à mon affaire, le fusil et tout le tremblement, qu' ça doit reluire! J'peux dire que j' l'ai frotté! L' premier en selle, l'premier à l'appel, — et jamais rechigner pour la manœuvre, en avant marche, nom de Dieu, toute la sacrée boutique. Et au guet, comme un chien de garde. Je m'disais toujours : mon garçon, y a qu'une chose dont à quoi y faut toujours y faire d' l'attention : obéir. Dame ! c'était dur, mais à force de m'fourrer ça dans la tête, un beau jour, d'vant tout l'escadron, l' commandant s'a arrêté d'vant moi, et qu'il a dit : « Ça c'est un bon soldat, un vrai hussard (*Un silence. Il allume sa pipe*).

ANSORGE, *secouant la tête.*

Eh ! eh ! t'as eu de l'chance ! eh ! eh ! (*Il s'accroupit plaçant près de lui la botte de branches d'osier, et continue de travailler à sa corbeille*).

LE VIEUX BAUMERT

Faut espérer qu'y nous en passera un peu d' sa chance ! — En attendant, buvons un coup.

JÆGER

Tiens, parbleu, père Baumert. Et quand y en a pus, y en a encore (*Il jette une pièce de monnaie sur la table*).

ANSORGE, *jouant l'étonnement.*

Oh la la ! en v'là une noce !... Ça sent le rôti, ici, — Et de l'eau-de-vie ! (*Il boit à la bouteille*) A la tienne! Maurice !... Eh eh !... oui, oui (*Ils boivent tous à la ronde*).

LE VIEUX BAUMERT

Si on pouvait seulement avoir un rôti comme ça tous les jours de fête; mais c'est pas souvent qu'on en voit d' la viande ! Y faut qu'un chien vous passe entre les jambes comme ç'est arrivé, y a un mois; mais ça c'est rare.

ANSORGE

T'as fait abattre ton petit chien ?

LE VIEUX BAUMERT

Y serait crevé de faim aussi.

ANSORGE

Eh ! eh ! oui, oui.

LA MÈRE BAUMERT

Il était si gentil, c' pauv' petit.

JÆGER

Vous aimez donc le rôti d' chien ?

LE VIEUX BAUMERT

Seigneur Jésus ! si seulement on en avait toujours !

LA MÈRE BAUMERT

C'est pourtant ben utile, un morceau de viande !

LE VIEUX BAUMERT

Ça n' te dit pas ? attends un peu, si tu te r'habitues à chez nous !

ANSORGE, *reniflant.*

Eh ! eh ! oui, oui... ça sent pas mauvais, ça fera un bon plat.

LE VIEUX BAUMERT

Ça sent la cannelle, comme qui dirait !

ANSORGE

Faut qu'tu nous dises ton opinion, Maurice. T'as vu du pays, tu sais c' qui s' passe dans l' monde ; crois-tu qu'on finira par être pus heureux, nous autres, les tisserands?

JÆGER

Faut ben l'espérer, bon Dieu !

ANSORGE

On n'arrive ni à viv', ni à mourir, on se ronge le sang, jusqu'à ce qu'on tombe. La misère nous mange tout. Dans le temps, quand on pouvait encore travailler au métier, c'était dur, mais on s'en tirait tout d' même. Aujourd'hui y a pus moyen d' trouver d'ouvrage. Et la vannerie peut pas m' faire gagner assez. J' fais des corbeilles jusque dans la nuit, et quand je tombe éreinté sur mon lit, j'ai gagné deux groschen. T'as d' l'éducation, toi, quoi qu' tu dis d' ça ? Tout renchérit, comment qu'y faut s'y prendre? Faut donner quatre thalers de contribution, trois pour la maison, — dans toute l'année, j' peux en gagner quatorze, y m'en reste sept pour moi — avec ça faut faire la cuisine, payer le charbon, les habits, les souliers et le reste — comment qu' vous voulez qu'on arrive à payer l'impôt.

LE VIEUX BAUMERT

Moi, j' dis, faudrait que qué'qu'un aille à Berlin et qu'y dise au roi comment qu' ça se passe chez nous.

JÆGER

Ça ne servirait ben à rien, père Baumert. Y z'en ont déjà parlé d' tout ça dans les journaux. Mais les riches, voyez-vous, ça embrouille tout, ça fait passer les meilleurs chrétiens pour des bandits.

LE VIEUX BAUMERT, *secouant la tête.*

Y z'ont pas de cœur à Berlin !

ANSORGE

Dis, Maurice, c'est t'y possible ? Y a donc pas d'lois ! Quand on travaille à s'râper la peau de la main, et qu'on peut pas tout de même payer les intérêts d'son emprunt, est-ce qu'on peut vous chasser? Y veulent tous leur argent ! Quoi que j'vais d'venir ! m'v'là vieux, et faudra que j'm'en aille? (*Etouffant des sanglots.*) J'suis né ici, moi, mon père a travaillé à ce métier ici pus d'quarante ans. Y disait tout le temps à ma mère:

si j'viens à mourir, faudra tout de même garder la maison. Il l'a bien gagnée, la maison! Chaque clou, ici, il a fallu travailler toute une nuit pour avoir d'quoi l'acheter; chaque planche, ça a coûté un an de pain sec. Et y z'iraient me fiche dehors!

JÆGER

C'est des maudits, ceux qui vous prennent vot'dernier pfennig.

ANSORGE

Eh oui, oui...Mais j'm'en'irai pas, y m'emporteront si y veulent, mais moi j'm'en irai pas. J'aime mieux mourir. Mon pauv' père aussi, ça y a pas fait d'peine ed' mourir. Pourtant à la fin, y suait de peur. J'm'étais couché avec lui. Alors il est d'venu pus tranquille. Pensez donc, j'avais treize ans à c't'époque-là. J'étais éreinté, je m'endormis à côté de lui. Je pensais à rien, et quand je m'ai réveillé, il était déjà froid.

LA MÈRE BAUMERT, *après un silence.*

Va voir dans le four, Bertha, et porte la soupe à Ansorge.

BERTHA

Tenez, père Ansorge, voilà à manger.

ANSORGE, *mange en pleurant.*

Eh eh!... oui, oui... (*Le vieux Baumert prend un morceau de viande dans la casserole pour le manger*).

LA MÈRE BAUMERT

Un peu d'patience donc, l'père! Laisse Bertha servir la table.

LE VIEUX BAUMERT, *mastiquant.*

Y a deux ans qu'j'ai pas été communier ; après la dernière fois que j'y ai été, j'ai vendu mon habit des dimanches. Avec ça nous avons acheté un peu de viande de cochon. Depuis c'temps-là, jusqu'à ce soir, j'avais pus mangé d'viande.

JÆGER

Les fabricants s'chargent d'en manger pour vous. Y s'en fourrent jusque-là. Y a qu'à aller voir c'qui s'passe à Bielau et à Peterschwalde. Y z'ont tous des palais, des vrais palais. C'est eux qui s'aperçoivent pas si les temps sont difficiles ! C'qu'y s'en paient des rôtis et des douceurs, c'qu'y z'en ont des équipages, et des chevaux, et des domestiques, et tout le diable et son train, à ne pas même savoir quoi en faire !

ANSORGE

Dans l'temps, c'était pas comme ça. Les fabricants nous donnaient d'quoi viv'. Aujourd'hui, y prennent tout pour eux. Moi j'dis qu'c'est passe que les gens du beau monde n'croient pus ni à Dieu ni à diable. Y savent pus c'qu'est permis et c'qu'est défendu, et y nous arrachent el'pain d'la bouche, y nous sucent not' dernière goutte de sang. C'est eux, la cause ed'tous les malheurs. Si les fabricants étaient d'bons chrétiens, y aurait pas d'temps difficiles.

JÆGER

Ecoutez, les enfants, j'vas vous lire que'qu'chose (*il tire des papiers de sa poche*). Toi Auguste, va donc au cabaret, nous chercher encore une bouteille. Eh bien, quoi qu't'as ? t'es tout le temps là à rire comme une bête.

LA MÈRE BAUMERT

Oui, j'sais pas c'qu'il a. Il est toujours content. Y rit à tout. Voyons, cours donc, dépêche-toi (*Auguste sort, emportant la bouteille vide*). Eh! vieux, tu sais aussi c'qu'est bon!

LE VIEUX BAUMERT, *mastiquant, excité par la nourriture et la boisson.*

Ecoute, Maurice, t'es notre homme! Tu sais lire et écrire, tu connais not' situation, et t'as pitié d'nous. Tu devrais prend' not' cause en main, t'mett' à parler pour nous.

JÆGER

S'y a qu'ça à faire! j'voudrais aussi leur jouer un tour de cochon à tous ces animaux-là. J'suis pas méchant, mais si l'sang m'monte à la tête, je prends l'Dreissiger d'une main, l'Dietrich de l'autre, et j'leur cogne leurs sales cailloux l'un contre l'autre, jusqu'à ce que les yeux leur sortent de la tête. Ah! si on pouvait s'entend', on les ferait danser, ces moineaux-là! L'gouvernement! va-t'en voir, nous avons pas besoin qu'y s'mêle ed' nos affaires. Nous n'avons qu'à dire nous-mêmes : nous voulons ça et ça, et puis nous le voulons, et, bon Dieu, faudra bien qu'on nous le donne! Quand y verront qu'on mont'les crocs, y fileront doux. J'les connais, ces vilains bonzes : des lâches!

LA MÈRE BAUMERT

Ça c'est vrai. Moi non pus, j'suis pas méchante; j'ai toujours dit qu'il en fallait, des gens riches; mais quand on voit c'qui s'passe.

JÆGER

Des gens riches! Mais non, que l'diab' les emporte tous.

BERTHA

Où est donc le père? (*Le vieux Baumert s'est éloigné en silence*).

LA MÈRE BAUMERT

J'sais pas où qu'y peut êt' allé.

BERTHA

C'est pt' êt' qu'y n'est pus habitué à manger de la viande.

LA MÈRE BAUMERT, *hors d'elle-même, pleurant.*

Vous voyez, y n'peut rien garder. L'peu d'bon manger qu'y prend, faut qu'il aille el' rendre.

LE VIEUX BAUMERT, *rentre pleurant de colère.*

Non, non, j' me fiche de tout maintenant; j'vaux pus rien, j'suis pus bon à rien. Pour une fois qu'on a un peu à manger, faut l'rendre, l'estomac n'en veut pus. (*Il s'asseoit en pleurant sur le banc, près du poêle*).

JÆGER, *devenu tout fanatique.*

Et y a des gens, des vampires qui ne foutent rien, et qui nous exploitent toute l'année, et qui disent qu' c'est l'bon Dieu qui veut ça, et qu' les tisserands n'auraient qu'à pas êt' paresseux pour s'tirer d'affaire. Tonnerre de Dieu!

ANSORGE

C'est pas des hommes, c'est des monstres.

JÆGER

Mais y a assez longtemps qu'y s'font d'la graisse. Moi, et puis Bæcker le rouge, nous avons bu un coup ensemble hier, et avant de rentrer chez nous, nous avons chanté la chanson du linceul...

ANSORGE

Seigneur Jésus, c'est-y la chanson qu'est défendue?

JÆGER

Oui, oui, j' l'ai ici sur un papier (*Il tire ce papier de sa poche et le montre*).

ANSORGE

La chanson du linceul?

JÆGER

Attendez, j'vas vous la lire.

LA MÈRE BAUMERT

Qui qu' c'est qui l'a inventée?

JÆGER

On sait pas, personne el' sait. Écoutez-la* (*Il lit comme un écolier, presque en épelant, mais avec un sentiment profond, où l'on reconnaît du désespoir, de la douleur, de la rage, de la haine, et la soif de la vengeance*).

Nous tous qu'on appelle la canaille,
Nous somm's à bout, nous somm's fourbus,
Nous crevons, nous n'en pouvons plus.
Vaut mieux qu' not' carcasse s'en aille.
Avec nos fill's et nos garçons,
C'est not' linceul que nous tissons.

LE VIEUX BAUMERT *empoigné par les paroles de cette chanson, et agité au plus haut degré, n'a résisté qu'avec peine au désir d'interrompre Jæger. Il éclate enfin, et pouvant à peine prononcer les mots, il dit à sa femme, moitié pleurant, moitié riant*).

Vaut mieux qu' not' carcasse s'en aille... C'lui qu'a

(*) Le chant des *Tisserands*, dans le drame de M. Hauptmann, n'est pas la strophe de Heine, qui a servi de thème au poète Maurice Vaucaire pour établir les couplets qui ont été dits au *Théâtre-Libre* de Paris. L'idée qui domine les strophes de M. Hauptmann est l'allusion qu'il fait dès les premiers vers au tribunal de la Sainte Vehme. Il y avait là quelque chose de trop spécialement allemand, qui peut et doit faire grand effet en Allemagne, mais on a craint qu'il n'en soit pas de même en France, et c'est pourquoi on a remplacé les vers de M. Hauptmann par ces vers de

écrit ça, la mère, vois-tu, a dit la vérité... Oui, on est à bout, on est à bout... Pas vrai? Toi aussi, tu peux l'dire. Tout l'monde peut l'dire... Comment qu'a dit, la chanson? C'est not' linceul!... Oui c'est ça, ça nous sert juste à ça... C'est not' linceul que nous tissons.

JÆGER (*Pendant qu'il continue de lire, Ansorge cessant de travailler, reste comme accablé d'étonnement et d'émotion, et la mère Baumert et Bertha s'essuient sans fin les yeux*).

A bas l'patron et la patrie,
Qui nous tienn't sous les barreaux !
Les contremaît's sont nos bourreaux !
Faut pas qu'on souffre ni qu'on crie...
Avec nos fill's et nos garçons
C'est leur linceul que nous tissons.

Heine; composés précisément à l'occasion de cette révolte de tisserands que met en action le drame de M. Hauptmann. Au reste, voici la traduction mot à mot des vers de M. Hauptmann :

Ici, il y a un tribunal — Pire que la Sainte Vehme, — Où l'on ne prononce pas de jugement — Pour vous ravir la vie plus vite.

Ici, l'homme est lentement martyrisé, — Ici est la chambre de torture — Le nombre des soupirs est effrayant, — Qui sont témoins de la douleur.

Les Dreissiger sont les bourreaux, — Leurs employés servent de sbires, — Tous rivalisent de cruauté — Au lieu de rien dissimuler.

Race de coquins, fils de Satan, — Démons échappés à l'enfer — Vous rongez le pauvre jusqu'aux os, — Soyez maudits, comme vous le méritez.

Ici, prières et plaintes sont vaines, — Et vaine toute supplication. — « Vous n'êtes point contents? Eh bien, allez — Ronger le drap de la faim. »

Qu'on s'imagine cette misère, — La détresse de ces malheureux — A la maison, pas une bouchée de pain, — N'est-ce pas à faire pitié?

Pitié! c'est un beau sentiment — Qui vous est étranger, ô cannibales — Tout le monde sait ce qu'ils vous faut — Arracher au pauvre sa peau avec sa chemise.

LE VIEUX BAUMERT, *frappant le sol du pied avec rage.*

Oui, c'est leur linceul aussi, faut qu'y crèvent tous.

ANSORGE

Eh eh !... oui, oui... Oui, oui, leur linceul aussi.

LE VIEUX BAUMERT, *montrant le poing d'un air menaçant.*

C'est nos bourreaux, on s'ra les leurs... A bas l'patron, mort aux bourreaux.

JÆGER, *lisant.*

Notre maison est notre bagne,
Les Dreissiger sont les geôliers
Mais nous tissons sur nos métiers
Ton linceul, ô vieille Allemagne,
Avec nos fill's et nos garçons
C'est ton linceul que nous tissons.

LE VIEUX BAUMERT, *au paroxysme de la rage.*

C'est ça, c'est ça ! c'est ton linceul, ô vieille Allemagne ! car je vous l'demande, c'est-y juste, tout ce qu'y a ? Me v'là, moi, Guillaume Baumert, maît' tisserand d'Kaschbach. J'peux m'présenter et dire que j'ai été un brave homme toute ma vie. Eh bien, r'gardez-moi, que'qu'ça m'a rapporté ? Quelle figure que j'ai ? qui qu'y z'ont fait d'moi ?... Oui, not' maison est notre bagne... (*Il étend les bras*) Mais... c'est ton linceul que nous tissons, vieille Allemagne, y faut qu'tu meures, y faut qu'tu meures. (*Il tombe anéanti sur une chaise*).

ANSORGE *jette loin de lui le panier auquel il travaillait, il se lève tremblant aussi de rage, et balbutie.*

Oui, faut qu'ça change, je l'dis, qu'ça change tout d'suite. Qu'il arrive ce'qui veut, y faut qu'ça change tout d'suite.

PERSONNAGES DU TROISIÈME ACTE

BÆCKER.
MAURICE JÆGER.
LE VIEUX BAUMERT.
LE VIEUX ANSORGE.
WELZEL, aubergiste.
Mme WELZEL, sa femme.
ANNA WELZEL, leur fille.
UN COMMIS-VOYAGEUR.
WIEGAND, menuisier.
HORNIG, chiffonnier.
UN PAYSAN.
UN GARDE FORESTIER.
WITTIG, forgeron,
KUTSCHE, gendarme.

Un certain nombre de vieux et de jeunes tisserands.

TROISIÈME ACTE

La salle de l'auberge à Peterswaldau.

C'est une grande salle dont le plafond est soutenu en son milieu par une colonne de bois, autour de laquelle court une table. La porte d'entrée est dans le mur du fond, un peu à droite. On aperçoit par cette porte, un espace occupé par des tonneaux et tout un matériel de brasseur. A droite de la porte, dans le coin, se trouve le comptoir, avec les rayons pour les verres et les bouteilles. Devant le comptoir se trouve une table couverte d'une nappe de couleur au-dessous d'une suspension. Il y a des chaises cannées autour de cette table. Non loin de là, dans le mur de droite, s'ouvre la salle réservée. Plus près de l'avant-scène, du même côté, une vieille horloge dans sa cage de bois. A gauche de la porte d'entrée, le long du mur qui fait le fond, il y a une table avec des bouteilles et des verres, et plus loin, le grand poêle de faïence. Le mur de gauche a trois petites fenêtres, le long desquelles court un banc. En travers, devant ce banc, plusieurs tables de bois. Le long des tables, des bancs avec dossiers; sur les côtés, des escabeaux de bois. La salle est peinte en bleu. Aux murs, il y a des pancartes, des images, et des peintures, entre autres le portrait de Frédéric Guillaume IV.

WELZEL, est un bon colosse, de plus de cinquante ans; il est derrière le comptoir, occupé à verser de la bière dans un verre.

Madame WELZEL est occupée à repasser, près du feu. C'est une belle femme, très proprement vêtue, qui a à peine trente-cinq ans.

Anna WELZEL, jolie fille de dix-sept ans, avec une magnifique chevelure d'un blond roux. Elle est très gentiment habillée, et est assise, occupée à quelque tapisserie. près de la table couverte d'une nappe. Elle lève un instant les yeux de dessus son ouvrage, et reste à écouter un choral funèbre qu'on entend dans le lointain, chanté par des enfants.

Maître WIEGAND le menuisier, est assis à la table voisine, dans son costume de travail, en face d'un verre de bière de Munich. On voit que c'est un homme pratique et malin, qui doit s'entendre à faire ses affaires.

UN COMMIS-VOYAGEUR, est assis à la table du milieu, fort occupé à manger un beefteck allemand. Il est de taille moyenne, replet, a un air de suffisance qui ne l'empêche pas de paraitre gai, hardi et beau parleur. Il est habillé à la dernière mode; sa valise, ses coffres d'échantillons, son parapluie, son pardessus, et sa couverture de voyage, sont près de lui, sur des chaises.

WELZEL, *portant un verre de bière au voyageur, dit en passant à Wiegand.*

L' diable est déchaîné aujourd'hui à Péterschwalde.

WIEGAND, *qui a une voix très aiguë.*

Voilà, c'est le jour des livraisons chez Dreissiger.

MADAME WELZEL

Les aut'fois, y a pas tant d' bruit qu'ça.

WIEGAND

Ça pourrait bien êt' à cause des nouveaux, des deux cents ouvriers qu'y veut engager.

MADAME WELZEL, *toujours occupée à repasser.*

Oui, oui, ça doit êt' ça, s'il en veut deux cents, y en aura bien sûr six cents qui seront venus. La mauvaise herbe, c'est pas ça qui manque.

WIEGAND

Ah! fichtre non, y sont pas près d' s'éteindre! Y z'ont beau êt'misérables, y font toujours plus d' gosses qu'y n'en faut pour la besogne qu'y a à faire (*On entend un instant plus distinctement le choral*).

V'là l'enterrement qui passe. C'est l'tisserand Nentwich, qu'est mort.

WELZEL

Il a traîné assez longtemps. L' pauv diab' ! y n'avait pus qu' les os et la peau.

WIEGAND

Vrai de vrai, j'ai jamais fait un si p'tit cercueil. Et l' corps y pesait pas 90 livres!

LE COMMIS-VOYAGEUR, *en train de manger.*

Je n'y comprends rien. Les journaux sont toujours à parler de la misère des tisserands, à prétendre qu'ils meurent tous de faim, à raconter sur eux des histoires à faire frémir. Mais j'ai vu cet enterrement, comme j'entrais dans le village. Un vrai enterrement de riche! De la musique, les écoles, des bannières, le pasteur, un tas d'assistants, à croire que l'on enterrait un empereur chinois. Du moment que ces gens-là peuvent se payer tout ça! (*Il boit, et après qu'il a reposé sur la table son verre de bière, il reprend un air badin pour dire à Anna*) : N'est-ce pas! mademoiselle? N'ai-je pas raison? (*Anna sourit d'un air embarrassé et continue à broder*). Sans doute des pantoufles pour monsieur votre papa?

WELZEL

Oh! j'mets pas des choses comme ça, moi.

LE COMMIS-VOYAGEUR.

Eh bien, croyez-moi si vous voulez, je donnerais la moitié de tout ce que j'ai, pour que cette broderie soit faite pour moi!

MADAME WELZEL.

Y sait pas c' que ça vaut.

WIEGAND, *après avoir toussé plusieurs fois, avance sa chaise et se décide enfin à parler.*

Combien que vous avez raison, monsieur, pour ce qui est du rapport de ces enterrements! Et pourtant, madame Welzel peut le dire, ce n'est pas un des plus plus grands.

LE COMMIS-VOYAGEUR

Où peuvent-ils bien trouver tout l'argent nécessaire?

WIEGAND

Faites excuse, voyez-vous, mon digne monsieur, mais y n'y aurait pas d' moyen d' leur ôter ça d' la tête. C'est comme qui dirait pour ainsi dire une idée à eux qu'y s'font des devoirs pour ce qui est du rapport des défunts. Si leurs parents sont trépassés, y z'ont une superstition sur cette chose-là. Y demandent de l'argent partout dans les endroits qu'ils peuvent en demander. Les héritages du mort, y z'y passent dans tout leur entier. Et ensuite qu'ils empruntent encore de tous les côtés. Et c'est monsieur le pasteur, et c'est le sacristain, et tous les entourages d'alentour d'eux qu'il faut leur en donner d' l'argent! Et qu'il faut de par dessus encore en avoir pour boire et pour manger, et toute la boutique. Moi, voyez-vous, mon digne monsieur, on peut pas dire que j'suis pas porté pour le respect, pour ce qui est des parents, mais je trouve pas naturel qu'on se ruine comme ça rapport à ce qu'ils sont décédés.

LE COMMIS-VOYAGEUR

Permettez, je trouve que le pasteur devrait intervenir, les dissuader.

WIEGAND

Faites excuse, mon digne monsieur, faites excuse. Y

faut que je vous donne la révélation que dans chaque village, comme qui dirait, y a une église, et que tous les revenus que l'église elle rapporte, c'est le traitement, comme qui dirait les moyens de vivre de messieurs du clergé. Quand les enterrements sont conséquents, voyez-vous, la somme est conséquente. Plus qu'il y a des gens pour l'offrande, plus que les groschen s'entassent. Et toutes les personnes qui connaissent de quoi il retourne, elles pourront vous dire qu'ils font un long nez, messieurs les pasteurs, quand l'enterrement n'est pas de conséquence.

HORNIG, *entrant; c'est un vieux petit chiffonnier, qui a la bricole passée sur l'épaule.*

Bien le bonjour, la compagnie. Y aurait-y moyen d'avoir un p'tit verre? Et si vous aviez qué'ques vieux chiffons, mamzelle? Mam'zelle Anna, j'ai là dans ma charrette de beaux colliers, des rubans pour les nattes, pour les chemises, des jarretières, des aiguilles, des épingles à cheveux, tout un trésor, et je donne tout ça pour qué'ques vieux chiffons (*Changeant de ton*). Et c'est avec les chiffons, mamzelle Anna, qu'on fait c' beau papier blanc, sur quoi qu' vous pouvez écrire des p'tits billets doux.

ANNA

Merci, je ne veux pas d'amoureux.

MADAME WELZEL (*mettant un fer au feu*).

Elle est comme ça, la fille, a veut pas entend' parler mariage.

LE COMMIS-VOYAGEUR, *se lève brusquement, laissant paraître une joyeuse surprise, il vient près de la table couverte et tend la main à Anna.*

Ah! voilà qui est bien pensé, mademoiselle. Faites comme moi, et topons là. Vivent les célibataires!

ANNA, *devient toute rouge en lui donnant la main.*

Mais vous êtes marié ?

LE COMMIS-VOYAGEUR

Dieu m'en garde... Oui, je dis que je le suis! Et vous le croyez, parce que je porte une alliance. C'est pour me protéger : toutes les jeunes filles me feraient la cour. Mais devant vous, je ne crains rien. (*Il met la bague dans sa poche*). Mais dites-moi, sérieusement, vous n'avez pas un tout petit peu envie de tâter du mariage!

ANNA, *secouant la tête.*

Ah! pour ça...

MADAME WELZEL

Oh! a restera fille, ou y faudrait qu'a rencontre qué'qu' chose de rare.

LE COMMIS-VOYAGEUR

Eh bien? qui est-ce qui dit que ça n'arrivera pas? Il y a bien eu un riche seigneur de la Silésie qui a épousé la femme de chambre de sa mère; et le fabricant Dreissiger? est-ce qu'il n'a pas pris pour femme une fille de petite condition, pas seulement moitié si jolie que vous, mademoiselle. Et maintenant elle roule carrosse. Pourquoi pas vous aussi? (*Il fait demi-tour*). Je voudrais une tasse de café. (*Ansorge et le vieux Baumert entrent, chacun avec un paquet, et s'assoient humblement sans rien dire auprès de Hornig, à la table qui est à gauche sur le devant*).

WELZEL

Bonjour, père Ansorge. Y a longtemps qu'on l'avait pas vu.

HORNIG

Oui, te v'là sorti d' ton trou !

ANSORGE, *gauchement et visiblement troublé.*

J' suis retourné chercher d' l'ouvrage.

BAUMERT

Y veut travailler à dix groschen la pièce.

ANSORGE

J'y aurais jamais consenti, mais le métier d' vannier, ça va pus.

WIEGAND

Dix groschen, c'est toujours meilleur que rien. Et puis ça fait toujours une occupation. J' suis en connaissance avec Dreissiger. Y a huit jours, j'y ai posé des fenêtres. Nous avons causé de ça ensemble. Il a bien d' la bonté, pour les tisserands.

ANSORGE

Éh eh !... Oui, oui.

WELZEL, *servant un petit verre à chacun des deux tisserands.*

V'là à boire, les amis. — Mais dis-moi donc, père Ansorge, combien qu'y a d' temps qu' tu t'es pas fait raser ? — C'est monsieur, là-bas, qui voudrait le savoir.

LE COMMIS-VOYAGEUR, *de sa place.*

Ah ! permettez, monsieur l'aubergiste, je n'ai pas demandé ça. La physionomie de monsieur le maître-tisserand m'a frappé, m'a paru tout à fait vénérable. On ne voit pas souvent de vieux pères nobles si nature !

ANSORGE, *se grattant la tête d'un air troublé.*

Eh ! eh !... Oui, oui.

LE COMMIS-VOYAGEUR

C'est si rare de voir encore des hommes comme ça, superbement incultes, aujourd'hui que la civilisation envahit tout. Moi, ça me fait plaisir de rencontrer encore un homme des bois. Des broussailles de sourcils, une barbe qui est une forêt vierge !...

HORNIG

Voyez-vous, mon digne monsieur, j' vas vous dire, c'est sans doute qu'y sait pas beaucoup c' que c'est qu'un barbier, et puis un rasoir. Tout pousse à la diab'. Et puis l'air qu'y z'ont, y s'en fichent.

LE COMMIS-VOYAGEUR

Je vous en prie, mon brave homme... (*bas à l'aubergiste*). Est-ce qu'on peut lui offrir un verre, à l'homme chevelu ?

WELZEL

J'ai peur qu'y refuse. Il a des lubies à lui.

LE COMMIS-VOYAGEUR

Bon, n'en parlons plus. Vous permettez, mademoiselle ? (*il s'asseoit à la table couverte*). Je puis vous dire que dès mon entrée la beauté de vos cheveux m'a frappé. Brillants, et fins, et fournis ! (*il exprime son enthousiasme en s'embrassant le bout des doigts*). Et cette couleur... de blé mûr ! A Berlin, avec ces cheveux-là, vous révolutionneriez tout le monde ! Parole d'honneur, vous feriez figure à la la cour ! (*se renversant un peu pour mieux voir la chevelure*). Magnifique, tout bonnement, magnifique !

WIEGAND

C'est pour ça qu'on y a donné un si joli nom !

LE COMMIS-VOYAGEUR

Ah! quel nom?

ANNA, *toujours souriante, d'un air embarrassé.*

L'écoutez donc pas.

HORNIG

Mam'zelle Blondinette, pas?

WELZEL

Oui, en v'là assez. Vous y tourneriez la tête. Y a déjà assez de papillons qui la travaillent. A veut déjà un comte, d'main y lui faudrait un prince.

MADAME WELZEL

Dis pas d'mal d'not' fille, mon homme. C'est pas un mal, quoi! d'vouloir s'élever. Tout l'monde pense pas comme toi, sans ça y aurait personne qui bougerait, on resterait toujours l'derrière su'sa chaise. L'grand père à Dreissiger s'il avait dit comme toi, y serait encore un pauv' tisserand aujourd'hui, tandis qu'les v'là riches comme des Crésus. L'vieux Tromtra aussi était qu'un pauv' tisserand, maintenant il a douze châteaux, et l'v'là noble par dessus l'marché.

WIEGAND

Tout ça, c'est bien parlé, Welzel, ta femme a raison, j'peux t'l'assurer. Si j'avais dit comme toi, j'aurais pas sept ouvriers à l'heure qu'il est.

HORNIG

Çà, t'as bien mené ta barque, faut t'rend' justice. T'attends seulement pas qu'on soit mort pour vous faire un cercueil.

WIEGAND

Quand on veut réussir, faut ouvrir l'œil.

HORNIG

Et t'ouv' el' bon! S'y a un gosse ed' tisserand, qui va claquer, tu l'sais avant l'médecin.

WIEGAND, *cessant de rire, et se mettant en colère.*

Eh bien, et toi? t'as pas besoin d'aller demander à la police, pour savoir qui qu'c'est qui vole des charges de fil au Dreissiger. T'as l'air de demander des chiffons, mais tu leur z'y achètes, c'fil-là!

HORNIG

Toi, tu vas ramasser ton pain sur les tombes. Plus qu'il en crève, des pauvres diables, plus qu't'es content. A mesure qu'il meurt des gosses, tu t'frottes les mains, en t'disant : c'est une bonne année, ça marche, ça va, la crevaison! on pourra s' sàouler tant qu'on voudra.

WIEGAND

Au moins j'vole personne, moi.

HORNIG

Avec ça qu'tu t'y entends pas à saler la note! et même à faire payer d'la marchandise plus qu't'en as livré.

WIEGAND, *lui tournant le dos.*

Cause avec qui qu'tu voudras, mais pus avec moi (*se retournant tout d'un coup*). Sale menteur!

HORNIG

Va donc! croque-mort.

WIEGAND, *aux assistants.*

On sait qu' c'est un sorcier, qu'y jette des sorts.

HORNIG

Eh bien gare à toi, que j' t'en jette un. (*Wiegand pâlit*).

MADAME WELZEL, *qui était sortie, apporte le café au voyageur.*

Voulez-vous que j' vous serve el' café dans l'aut' pièce?

LE COMMIS-VOYAGEUR

Qu'est-ce que vous dites-là! (*Jetant un regard amoureux à Anna*). Je veux rester ici jusqu'à ma mort.

UN JEUNE GARDE FORESTIER, UN PAYSAN, *ce dernier portant un fouet, entrent. Tous deux :*

Bonjour. (*Ils restent debout devant le comptoir*).

LE PAYSAN

Y aurait-y moyen d'avoir deux p'tits verres?

WELZEL

Mais oui; bonjour les amis. (*Il sert les verres demandés. Les deux nouveaux venus trinquent, boivent, et remettent les verres sur le comptoir*).

LE COMMIS-VOYAGEUR

Eh bien, monsieur le garde forestier, on a fait une longue marche?

LE GARDE FORESTIER

Oui, comme ça. J'viens du village de Steinseffer. (*Deux vieux tisserands entrent et se placent près d'Ansorge, Baumert et Hornig*).

LE COMMIS-VOYAGEUR

Permettez, vous êtes garde pour le comte Hochheim?

LE GARDE FORESTIER

Non, le comte Keil.

LE COMMIS-VOYAGEUR

Oui, oui, c'est ce nom-là que je voulais dire. Ça n'en finit plus par ici, les comtes et les barons et les seigneurs de tout genre. Il faut une mémoire de chien pour se rappeler tous les noms... A quoi vous sert donc cette hache?

LE GARDE FORESTIER

J' l'ai confisquée à des braconniers.

LE VIEUX BAUMERT

C'est qu' nos bons seigneurs, voyez-vous, y z'y veillent ed' près, à ce qu'on leur prenne pas la pus p'tite branche de bois à brûler.

LE COMMIS-VOYAGEUR

Mais dites donc, ça n'en finirait plus, s'il fallait qu' tout l'monde ait le droit d'aller chercher....

LE VIEUX BAUMERT

Permettez, faites excuse, c'est ici comme partout: y a des gros et des p'tits voleurs. Les gros, c'est les marchands d'bois; y d'viennent riches, ceux-là. Les p'tits, les pauv' diab' ed' tisserands...

LE PREMIER VIEUX TISSERAND, *interrompant Baumert.*

Oui, la pus p'tite branche qu'on ramasse, on nous fait pincer, on nous fich' des amendes, on nous écorche..., sans compter tout c' qu'y faut déjà donner, et toutes les journées de travail qu'y faut faire comme impositions, toutes les corvées pour el' seigneur.

ANSORGE

Oui, v'là comme c'est, c'que l'fabricant nous laisse, l'seigneur vient nous l'arracher de la poche.

LE SECOND VIEUX TISSERAND, *qui a pris place à la table qui est sur le côté.*

J'y ai dit, moi, à Sa Grâce, not' seigneur: faites excuse, m'sieu l'comte, euq' j'ai dit, mais y a vraiment pas moyen d'faire tant de jours ed' corvée. C'est pas que j' discute avec vous, ça servirait à rien, mais, excusez-moi, l'eau m'a tout ravagé, m'a ruiné mon p'tit champ. Y peut pus rien m'rapporter, et j'ai même pas assez pour viv', ed' travailler jour et nuit. Ah! mes enfants, mes enfants, quelle débâcle euq' c'était! Et y avait qu'à regarder ça, et à se tord' les mains, sans rien pouvoir faire! Toute la bonne terre, enlevée par l'eau, roulée à bas de la colline, défonçant à moitié les maisons. Et perdue, toute la belle, chère semence! Seigneur Jésus, pendant huit jours, j'ai cru qu'on s'en tirerait jamais, qu'y faudrait y rester. Et après, il a fallu remonter jusqu'à quatre-vingt charretées d'terre.

LE PAYSAN, *rudement.*

Vous êtes toujours à crier misère pour tout. L'mauvais temps, c'qu'est en dehors d'not'volonté, faut bien qu'on s'y résigne. Et quand vos affaires marchent pas, y a bien souvent d'vot'faute. Si vous mettiez un peu d'argent d'côté, quand vous en gagnez, y vous en resterait pour des malheurs comme ça. J't'en fiche! vous jouez tout, vous buvez tout, faites donc des économies quand vous pouvez, ça fait qu'pus tard vous aurez pas besoin d'voler du fil et du bois.

UN PREMIER JEUNE TISSERAND, *à la porte, avec quelques camarades.*

Un paysan reste toujours un paysan, même quand y veut faire l'malin.

LE PREMIER VIEUX TISSERAND

Oui, y a longtemps qu'on sait ça, les paysans et les nobles, ça va ensemble. Quand un tisserand veut s'loger, l'paysan y dit : Tiens v'là un p'tit coin, paye-moi un bon loyer, et puis donne-moi encore un coup de main pour rentrer mon foin et mes avoines, et si tu veux pas d'mes conditions, va t'nicher ailleurs. Et vous allez en trouver un second, qui vous reçoit tout comme el'premier.

BAUMERT, *avec haine.*

Oui, nous sommes comme un tonneau, où qu'tout le monde vient s'rincer la gueule.

LE PAYSAN, *très excité.*

Eh bien oui, tas de feignants, tas d'crève de faim, à quoi donc qu'vous êtes bons ? Vous savez seulement pas conduire une charrue ! ou manier la fourche, ou charger une voiture cd'foin ! Vous n'êtes bons qu'à feignanter, et à coucher avec des femmes ! qué qu'vous voulez qu'on fiche de vous ! (*En disant ces mots, il a payé sa consommation et il sort. Le garde forestier le suit en riant. Welzel, sa femme, et le menuisier rient à haute voix. Le voyageur sourit. Enfin les rires cessent. Un silence*).

HORNIG

Un paysan comme ça, c'est plus brute qu'un taureau. Comme si on savait pas toute la misère qu'y a ici, dans les villages ! Ah ! y en a des spectacles ! pas dröl' à voir... coucher tout nus, à des quat' ou cinq, sur une seule paillasse.

LE COMMIS-VOYAGEUR, *objectant très doucement.*

Permettez, mon brave homme, tout le monde n'est pas de votre avis sur le degré de misère qui règne dans ces régions. Si vous pouviez lire...

HORNIG

J'peux aussi bien lire que vous, et j'lis aussi les feuilles, moi. Mais j'peux bien savoir p't'êt', j'fais assez d'tournées chez les gens. Quand on a fait l'trimard quarante années comme moi, on sait d'quoi qu'y r'tourne. Les Fuller, savez-vous comment qu'ça passait pour eux? Les gosses barbotaient dans l'fumier avec les canards des voisins, cherchant qué'qu'chose à manger. Et tout ça a fini par mourir, tout nus, sur des paillasses pourries, après avoir essayé d'avaler jusqu'à des ordures pour pas crever d'faim. Et y en a comme ça des centaines et des centaines.

LE COMMIS-VOYAGEUR

Mais si vous lisez les journaux, vous devez savoir aussi que le gouvernement a ordonné une enquête, et que...

HORNIG

Ah! on la connaît, celle-là! Y vient un gros monsieur envoyé par le gouvernement, et qui sait déjà tout avant d'avoir rien vu! Y s'promène un peu dans l'village, sur la place, où qu'y a les plus belles maisons, mais y va pas plus loin, y salirait ses beaux souliers. Y s'dit comme ça; ça doit êt' partout comme c'que j'ai vu, y remonte en voiture, et fouette cocher! Y n'a pus qu'à faire son rapport à Berlin, comme quoi qu'y a pas seulement trace ed'misère. S'il avait été un peu pus courageux, qu'il aye été pus haut seulement, du côté des petites cabanes isolées, des p'tites bicoques si noires et si mal fichues qu'a valent seulement pas l'allumette pour y mett' el'feu, y n'aurait p' t'êt' pas écrit les mêmes choses à Berlin. Y z'auraient pu venir em' trouver, les messieurs de Berlin, qui veulent pas croire qu'y avait d'la disette ici. J'leur y en aurais montré, moi. Y avait qu'à ouvrir les yeux. (*On entend chanter au dehors la chanson des tisserands*).

WELZEL

Les v'là qu'y rechantent leur chant du diab'.

WIEGAND

Y mettent tout l'village sens d'sus d'sous.

MADAME WELZEL

Pour sûr, y s'passe qué'qu'chose (*Jæger et Bæcker, bras dessus bras dessous, à la tête d'un fort groupe de jeunes tisserands, pénètrent bruyamment dans la maison et de là dans la salle de l'auberge*).

JÆGER

Escadron, halte! En place, repos. (*Les nouveaux arrivés prennent place aux différentes tables où déjà sont assis des tisserands, et ils lient conversation avec eux*).

HORNIG, *appelant Bæcker.*

Eh bien, qué qu' ça veut dire, qu' vous v' là comme ça des tas ensemble?

BÆCKER, *d'un ton significatif.*

Ça voudra p' t' êt' dire qué'qu' chose! Est-ce pas, Maurice?

HORNIG

Allons donc ! Allez pas faire ed' bêtises.

BÆCKER

L' sang a déjà coulé. Veux-tu voir? (*Il remonte sa manche, et lui montre des plaies saignantes sur le bras. Beaucoup des jeunes tisserands, aux autres tables, font comme lui*) Nous avons été nous faire vacciner, chez l' père Schmidt.

HORNIG

J' comprends maintenant. C'est pas étonnant si y a tant d' vacarme dans les rues. Quand y a un tas d' garnements comme vous d' déchaînés!

JÆGER, *à haute voix, en faisant le fanfaron*

Deux verres, Welzel, tout de suite. C'est moi que j'paie. Tu t'figures euq' j'ai pas d'argent. Tiens. écoute-le sonner. Si on voulait, on pourrait s' payer d' l'eau de vie et du café jusqu'à demain matin, tout aussi bien qu'un commis-voyageur. *Rires parmi les jeunes tisserands*).

LE COMMIS-VOYAGEUR, *avec un étonnement comique.*

Est-ce de moi que vous voulez parler? (*Welzel, sa femme et sa fille, ainsi que Wiegand et le commis-voyageur, rient*).

JÆGER

Quand on s' sent morveux, on s' mouche.

LE COMMIS-VOYAGEUR

Permettez, jeune homme, vous me paraissez tout à fait à votre affaire.

JÆGER

Oui, j'ai pas à m' plaindre! j' suis voyageur en confections; associé avec un fabricant! Plus l' tisserand crève de faim, plus j' m'engraisse. J'ai pas à m' plaind'.

BECKER

Bien tapé, ça, bien envoyé. Vive Maurice!

WELZEL, *a apporté l'eau-de-vie. Pendant qu'il remonte au comptoir, il s'arrête un instant, en se retournant vers les tisserands sans rien perdre de son flegme et de sa bonhomie, il leur dit tranquillement.*

Laissez donc c' monsieur tranquille, y vous a rien fait.

PLUSIEURS JEUNES TISSERANDS

Ah bien, on y fait rien non pus (*Madame Welzel a échangé quelques mots avec le voyageur. Elle prend la tasse de café à moitié bue qui reste devant lui, et la porte dans la salle voisine. Le voyageur la suit, accompagné des rires des tisserands. Les tisserands chantent quelques mots de la chanson du second acte*).

Notre maison est notre bagne...
Les Dreissiger sont les geôliers.

WELZEL

Pschtt, pschtt! Chantez ça où qu' vous voudrez, mais pas ici, j' veux pas.

LE PREMIER VIEUX TISSERAND

Il a raison, faut s' taire.

BECKER

Mais faut encore passer une fois d'vant chez Dreissiger, et y chanter à lui, qu'y finisse par la savoir par cœur.

WIEGAND

Vous feriez mieux d' pas l' pousser à bout, y pourrait vous en cuire (*Rires et protestations*).

LE VIEUX WITTIG, *un forgeron à cheveux gris, sans casquette, en tablier de cuir et en sabots, couvert de suie, comme s'il venait de la forge, est entré, et attend debout, au comptoir, qu'on lui serve un verre d'eau-de-vie.*

Oh bien, qu'y fassent donc un peu d' boucan. Chien qui aboie, n' mord pas.

PLUSIEURS VIEUX TISSERANDS

Wittig, Wittig!

WITTIG

Eh ben, m' v'là — Qui qu'y a donc?

LES MÊMES VIEUX TISSERANDS

Oui c'est Wittig — Wittig! Wittig! — Viens donc, mon vieux, assis-toi là. — Viens à côté de nous.

WITTIG

Plus souvent que j' vas aller avec des garnements comme vous.

JÆGER

Allons, viens donc, bois avec nous.

WITTIG

Pas du tout. Garde ton schnaps. C' que j' bois, je l'paye (*Il s'assoit avec son verre d'eau-de-vie, près de Baumert et d'Ansorge. Tapant celui-ci sur le ventre*). De quoi qu'y s' nourrissent les tisserands? D' choucroute assaisonnée de poux?

LE VIEUX BAUMERT, *exalté.*

Oui, mais y s'en contenteront pus longtemps!

WITTIG, *simulant l'étonnement, et regardant Baumert d'un air bête.*

Ah ! comment qu' tu dis ça ? (*Eclatant de rire*). Eh bien, non, les enfants, c'est à crever de rire. L' vieux Baumert, qui veut s' révolter ! D'main ça s'ra les gosses, et puis les béquillards et les manchots. Oh ! là là, ma parole, ça s'ra rien amusant ! (*il continue à se tordre de rire*).

LE VIEUX BAUMERT

Tu peux m' croire si tu veux, Wittig, j'ai jamais changé d'opinion : si tout le monde y mettait du sien, ça marcherait mieux.

WITTIG

Qui qu' t'appelles donc : « y mett' du sien ? » Tu te figures qu'y a qu'à s'entend' ! Est-ce qu'y z'ont cherché à s'entend'en France ? Est-ce que Robespierre faisait des flatteries aux riches ? Dans c' temps-là, on m'nait les aristos à la lanterne. Et en avant la guillotine ! Les oies ne tombent jamais toutes rôties dans l'bec ; faut les faire cuire.

LE VIEUX BAUMERT

Si j'avais seulement à peu près d' quoi viv'

LE PREMIER VIEUX TISSERAND

Nous sommes dans l'eau jusqu'au cou !

LE SECOND VIEUX TISSERAND

On ose seulement pas rentrer dans sa cabane ! Qu'on travaille ou qu'on dorme, on crève ed' faim des deux manières.

LE PREMIER VIEUX TISSERAND

On commence à en perd' la tête.

LE VIEUX ANSORGE

Moi j'me fiche de tout maintenant : qu'ça aille comme ça voudra.

PLUSIEURS VIEUX TISSERANDS (*avec une exaltation croissante*).

On a jamais la paix nulle part. — On a pus d'cœur au vent' pour travailler. — Là haut, chez nous, au village de Steinkunzen, y en a déjà un qu'en est d'venu fou. Y passe son temps à s'baigner tout nu dans le ruisseau.

UN TROISIÈME VIEUX TISSERAND, *se lève, et parle comme un illuminé, levant le doigt au ciel d'un air de menace.*

Il y a des bruits dans le ciel. Ne fréquentez pas les riches et les puissants. Il y a une justice au ciel. Le Seigneur Zebaot... (*Plusieurs compagnons se mettent à rire. On fait rasseoir le vieux sur sa chaise*).

WELZEL

Y n'y faut qu'un p'tit verre, et il est tout de suite plein, celui-là.

LE TROISIÈME VIEUX TISSERAND, *reprend sur le même ton.*

Attendez, attendez, vous ne croyez ni à Dieu, ni à diable. Vous vous fichez d'la religion...

LE PREMIER VIEUX TISSERAND

C'est bon, fiche-nous la paix.

BECKER

Pourquoi ? Laisse-le donc réciter ses prophéties. Ça pourrait p'têt' bien redonner du cœur à qué'ques-uns.

BEAUCOUP DE VOIX, *avec tumulte.*

Oui, oui, qu'on l'laisse parler.

LE TROISIÈME VIEUX TISSERAND, *élevant encore la voix.*

Oui, l' Seigneur a dit : malheur aux riches, car le royaume des cieux n'est pas pour eux. Malheur, malheur aux riches (*Tumulte*).

BECKER

Alors nous n'avons rien à craindre, nous autres, tisserands de coton (*Rires*).

HORNIG

Pour les tisserands de toile, ça va encore plus mal. Y z'ont tous l'air de spectres. Vous aut', y a encore un peu d'espoir.

WITTIG

Ben oui, mais tu t'figures donc qu'ça peut pas devenir pire ? Le brin d' force qui reste, les fabricants auront vite fait de l'user.

BECKER

Parbleu, les tisserands finiront par travailler à quart de solde (*Tumulte*).

PLUSIEURS VOIX DE TISSERANDS

Qu'est-ce qui prétend ça ?

BECKER

C'est Dreissiger qui l'a dit.

UN JEUNE TISSERAND

La charogne ! on le pendra avant.

JÆGER

Ecoute un peu, Wittig. T'es toujour' à parler d'la Révolution française, t'en a toujours plein la bouche.

Eh ben, y aura p't'êt' bientôt une riche occasion d'montrer c'qu'on peut faire, si on n'est qu'un foutu blagueur, ou un homme qu'a du chien.

WITTIG, *très en colère.*

Tais-toi donc, morveux, as-tu seulement jamais entendu siffler les balles ? as-tu été aux avant-postes dan'un pay' ennemi ?

JÆGER

Te fâche donc pas. Nous sommes camarades. J'voulais pas t'blesser.

WITTIG

Ta camaraderie, j'm'en fous. T'es qu'un rien du tout, un esbrouffeur (*Entre le gendarme Kutsche*).

PLUSIEURS VOIX

Pscht, pscht, la police ! (*On chuchote assez longtemps. Enfin le silence complet s'établit.*)

KUTSCHE *va prendre place près de la colonne du milieu.*

J'voudrais un p'tit verre (*Nouveau silence*).

WITTIG

Eh ben, Kutsche, t'arriv' à propos ici.

KUTSCHE (*sans écouter Wittig*).

Bonjour, maître Wiegand

WIEGAND, *qui est toujours au coin devant le comptoir.*

Bonjour, Kutsche.

KUTSCHE

Ça va, les affaires ?

WIEGAND

Pas mal, merci,

BECKER

Pour nous autres, l'patron a peur qu'on s'gâte l'estomac à cause ed' tout l'argent qu'on touche (*Rires*).

JÆGER

Welzel peut l'dire, on s'est régalé de jambon et d'choucroute, et d'bons rôtis, avec des douceurs. Y reste pus qu'à boire le champagne (*Rires*).

KUTSCHE

Quand même qu'vous auriez encore du champagne et du bon rôti, vous seriez pa' encore contents. J'bois pas d'champagne, et j'm'en porte pas plus mal.

BECKER, *montrant le nez de Kutsche.*

Y s'arrose el'pif avec d'la bière et du schnaps. C'est pour ça qu'y mûrit comme une tomate (*Rires*).

WITTIG

Ça trime tant, un gendarme! y faut mener au clou les pauv' diab' qui crèvent de faim; et puis des fois faire la cour à d'jolies filles ed' tisserands; à moins qu'y ne soye retenu à flanquer une rossée à sa femme, qu'a s'en sauve chez les voisins; et puis faire des rondes à cheval, ensuite faire la grasse matinée, chaudement couché! C'est pas commode, tout ça!

KUTSCHE

Cause toujours, mon bonhomme, aie pas peur, on te r'pincera. Y a longtemps qu'on t'guette; on sait chez l'gouverneur tous les mauvais discours que tu tiens. Et j'connais qué'qu'un qu'est en train, à force de s'souler et d'faire du désord', ed' conduire sa femme et ses enfants à l'hospice, et puis lui en prison. Oui, mon vieux, aie pas peur, t'y viendras.

WITTIG, *riant avec amertume.*

Qui sait encore où qu' j'irai ! Pour c' qu' est d'aller où qu' tu dis, ça pourra êt' vrai tout d' même (*Avec colère*). Mais si jamais ça arrive, j' saurai d'où qu' ça m' vient, qui qu' c'est qui m'a mouchardé chez les fabricants et les autorités, et qu'empêche qu'on me donne du travail. J' sais bien aussi qui qu' c'est qu' a monté la tête aux paysans et aux meuniers contre moi, qu'y m'amènent pus leurs chevaux à ferrer, ou leurs roues à raccommoder. Je l' connais, celui là. La sale bête, j' l'ai fichu une fois en bas d' son cheval, passe qu'il était en train d' rosser à coups de cravache un pauv' malheureux gosse qu' avait ramassé qué'ques poires vertes sou' un arb'. Eh ben, j' peux t' dire une chose : tu m' connais, si jamais tu viens m' chercher, pour em' mener en prison, tu peux faire ton testament avant. Qu' j'entende dire un mot, j' prends la première chose qui m' tombe sous la main, un fer à cheval ou un marteau, ou un seau, ou un bâton d' roue, et quand j' devrais aller t' chercher jusque dans ton lit, t'arracher d'à côté d' ta putain, j'irai t'écrabouiller la gueule, aussi vrai que j' m'appelle Wittig (*Il s'élance et veut se jeter sur Kutsche*).

PLUSIEURS TISSERANDS, *le retenant.*

Voyons, voyons, Wittig, pas d' bêtises !

KUTSCHE, *s'est levé involontairement. Il est très pâle. En disant ce qui suit, il se retire. A mesure qu'il se rapproche de la porte, son courage augmente. Il prononce les derniers mots sur le seuil de la porte, et disparait aussitôt.*

Qué que j' t'ai fait ? j' te parle pas, à toi. J' parle

aux aut'. qui sont là. J' l'ai rien fait, j' me fous d' toi. Mais vous aut'. v'là c' que j'ai à vous dire : L' commissaire a défendu qu'on r'commence à chanter la chanson....., vous savez c' que j' veux dire. Et si on l'entend encore chanter dans les rues, on verra moyen d' vous mett' à l'abri ; et alors vous la chanterez tant qu' vous voudrez *Il sort*.

WITTIG, *lui crie :*

T'as rien à nous défendre. et si ça nous plaît d'chanter à faire tomber les vitres. et qu'on nous entende jusqu'à Reichenbach, et si nous voulons chanter si fort qu' les maisons des fabricants leur croulent su' la tête, et fassent une marmelade ed' tous les employés, ça nous regarde. personne a rien à y voir.

BÆCKER, *s'est levé pendant que Wittig parlait ; il a fait signe à tous de se taire, puis il entonne le chant, que tous chantent avec lui.*

Nous tous qu'on appell' la canaille,
Nous somm's à bout, nous somm's fourbus.
Nous crevons, nous n'en pouvons plus.
Vaut mieux qu'not'carcasse s'en aille.
Avec nos fill's et nos garçons,
C'est not'linceul que nous tissons.

(L'aubergiste cherche à faire faire silence, mais on ne l'écoute pas. Wiegand se bouche les oreilles, et se sauve. Les tisserands se lèvent, et suivent, en chantant le couplet suivant, Wittig et Bæcker, qui ont donné par gestes le signal du départ).

A bas l'patron et la patrie.
Qui nous tienn't sous les barreaux !
Les contremait's sont nos bourreaux,
Faut pas qu'on souffre ni qu'on crie...
Avec nos fill's et nos garçons
C'est leur linceul que nous tissons.

(On entend maintenant les tisserands chanter le couplet suivant dans la rue. Quelques jeunes apprentis sont restés, occupés à payer leurs consommations. Quand le couplet suivant est terminé, il ne reste plus dans la salle de l'auberge que Welzel, sa femme, sa fille, Hornig, et le vieux Baumert).

Notre maison est notre bagne,
Les Dreissiger sont les geôliers,
Mais nous tissons sur nos métiers
Ton linceul, ô vieille Allemagne,
Avec nos fill's et nos garçons,
C'est ton linceul que nous tissons.

WELZEL, *ramassant tranquillement les verres vides.*

Y sont un peu lancés aujourd'hui (*Le vieux Baumert se lève pour partir*).

HORNIG

Dis donc un peu, Baumert, quoi qu'y vont faire?

LE VIEUX BAUMERT

Y veul' aller chez Dreissiger, y demander une augmentation.

WELZEL

Est-ce que t'en es, toi, d'toutes ces bêtises-là?

LE VIEUX BAUMERT

Ben, vois-tu, Welzel, moi, j'sais pas. Les jeunes, ça va de l'avant. Quand on est vieux, faut les suiv' (*Il se retire, un peu confus*).

HORNIG, *se lève.*

Ça m'étonnerait qu'y n'arrive pas qué'que malheur.

WELZEL

Même les vieux, qui s'en mettent!

HORNIG

Tout l'monde a comme ça qué'que désir en tête!

PERSONNAGES DU QUATRIÈME ACTE

BÆCKER.
MAURICE JÆGER.
LE VIEUX BAUMERT.
LE VIEUX ANSORGE.
DREISSIGER.
PFEIFER.
WITTIG.
KUTSCHE.
Mme DREISSIGER.
KITTELHAUS, pasteur.
Mme KITTELHAUS.
WEINHOLD, étudiant en théologie, précepteur des enfants de Dreissiger.
HEIDE, commissaire de police.

Un grand nombre de vieux et de jeunes tisserands et de femmes de tisserands.

QUATRIÈME ACTE

A Peterswaldau.

Cabinet particulier du fabricant Dreissiger, luxueusement meublé dans le style froid de la première moitié de ce siècle.

Les boiseries, le poêle, la porte sont blancs ; tapis à petites fleurs, à lignes droites, d'un ton froid, couleur d'ardoise. Canapés et fauteuils d'acajou, richement sculptés et couverts en rouge. Meubles et chaises assortis, et disposés ainsi que suit : à droite, entre deux fenêtres à rideaux damassés couleur cerise, est placé le secrétaire, qui se ferme par un panneau à coulisse. En face, de l'autre côté, le sofa, et tout près de là, le coffre-fort. Devant le sofa, une table, avec des chaises et des tabourets. Au mur du fond, une panoplie. Les murs sont en partie couverts de mauvais tableaux dans des cadres dorés. Au-dessus du sofa, une glace à cadre rococo, à dorure éclatante. Une porte simple à gauche, mène au vestibule ; au fond, une porte à deux battants joint le cabinet à un salon, aussi magnifiquement et ridiculement surchargé de meubles de mauvais goût.

On aperçoit dans le salon deux femmes, Mme Dreissiger et Mme Kittelhaus, occupées à regarder des tableaux. Plus loin, le pasteur Kittelhaus, en conversation avec le théologue et précepteur Weinhold.

KITTELHAUS (*Un petit homme aimable, il entre en scène, en causant bonassement avec Weinhold. Tous deux fument un cigare. Il s'arrête, regarde autour de lui, et voyant qu'il n'y a là personne autre qu'eux, il secoue la tête d'un air étonné*).

Mais il n'y a là rien d'extraordinaire, mon cher Monsieur, vous êtes jeune. Nous autres vieilles gens, quand nous étions à votre âge, nous avions, je ne dirai pas les mêmes opinions que vous maintenant, mais de toutes semblables. Oh! oui, de toutes semblables. Et ma foi c'est une bonne chose, qu'on ait comme ça de belles illusions, quand on est jeune. Malheureusement, elles ne durent qu'un instant! Un déjeuner de soleil, mon bon monsieur! Attendez seulement d'avoir mon âge. Quand on a prêché pendant trente ans, cinquante-deux fois l'année, sans compter les jours de fête, on finit par devenir plus tranquille. Rappelez-vous ce que je vous dis, mon cher ami, si vous êtes tenté de laisser aller les choses un peu trop loin.

WEINHOLD (*19 ans, pâle, maigre, très grand, à longs cheveux blonds, très lisses. Il a des mouvements agités et nerveux*).

Permettez-moi de vous faire observer, monsieur le pasteur... Je ne sais pas, mais... il y a cependant des natures très différentes...

KITTELHAUS

Oui, oui, mon bon ami, vous pouvez être un esprit un peu exalté — (*sur un ton de remontrance*) et vous l'êtes, — vous pouvez même vous montrer violent en face des circonstances actuelles. Mais tout finira par se calmer, allez. Je sais bien, nous avons des confrères qui, même dans un âge assez avancé, se font encore des idées de jeunes gens. Il y en a qui prêchent contre l'alcoolisme, et fondent des sociétés de tempérance; d'autres rédigent des brochures, qui, ma foi, sont assez empoignantes à lire. Mais à quoi tout ça mène-t-il? La misère de nos tisserands, là où il y en a, n'en est pas adoucie. Tout ça ne peut que troubler la société. Non, voyez-vous, que chacun se mêle donc de ce qui le regarde. Contentons-nous de prêcher la parole de Dieu, et pour le reste laissons faire Celui qui donne la pâture aux petits des oiseaux, et tisse leur vêtement aux lys des champs. — Mais je voudrais bien savoir où a pu disparaître notre cher hôte.

MADAME DREISSIGER, *entre, suivie de la femme du pasteur. C'est une femme de 30 ans, jolie et de forte constitution. On peut remarquer un certain désaccord entre sa manière de parler ou de gesticuler, et l'élégance de sa riche toilette.*

Vous avez raison, m'sieu le pasteur. C'est des coups à Guillaume. Si y passe qué'que chose par la tête, le voilà filé, et y m'laisse en plan. J'y ai déjà fait la leçon pour ça, mais on peut dire tout ce qu'on veut, ça ne prend pas.

KITTELHAUS

Chère Madame, quand on est comme lui dans les affaires...

WEINHOLD

Si je ne me trompe, il doit se passer quelque chose en bas.

DREISSIGER *entre, paraissant très excité.*

Eh bien ! Rosa, le café est-il servi ?

MADAME DREISSIGER, *faisant la moue.*

Pourquoi qu'tu t'en vas toujours?

DREISSIGER, *sans insister.*

Ah ! si tu savais.

KITTELHAUS

Pardonnez, Monsieur Dreissiger, est-ce que vous avez eu quelque ennui?

DREISSIGER

J'en ai tous les jours que Dieu fait, cher monsieur le pasteur. J'y suis habitué... Rosa? tu y veilles! (*Mme Dreissiger s'éloigne de mauvaise humeur, et va tirer plusieurs fois violemment le large cordon brodé de la sonnette d'appel. Dreissiger fait quelques pas, puis s'adressant à Weinhold*). J'aurais bien voulu que vous soyez là, vous, vous auriez vu quelque chose... Mais voyons, allons commencer notre whist.

KITTELHAUS

Mais oui, mais oui. Secouez donc tous vos ennuis, et soyons tout au plaisir d'être ensemble.

DREISSIGER *s'est avancé à la fenêtre, il écarte un rideau et regarde au dehors. Involontairement :*

Encore une bande! — Viens donc voir, Rosa (*Elle s'approche de lui*). Dis-moi : ce grand-là aux cheveux roux...

KITTELHAUS

C'est l'homme qu'on appelle Bæcker le roux.

DREISSIGER

N'est-ce pas celui qui t'a insultée il y a deux jours?... Tu te rappelles, ce que tu m'as raconté : au moment où Jean t'aidait à monter en voiture.

Mme DREISSIGER, *faisant une moue.*

J'sais pus.

DREISSIGER

Tâche de te le rappeler. Il faut que je le sache. J'en

ai assez de toutes ces insolences. Si c'est celui-là, je prétends qu'il soit châtié (*On entend chanter le chant des tisserands*). Tenez, écoutez, écoutez-les.

KITTELHAUS, *s'emportant.*

Ah! vraiment, est-ce que ça ne finira pas! Je suis obligé d'en convenir, il faut que la police intervienne. Permettez que je voie (*Il s'approche de la fenêtre*). Regardez donc, monsieur Weinhold, il n'y a pas que des jeunes, il y a aussi là, en masse, des hommes mûrs, des hommes que j'ai tenus longtemps pour sérieux et honorables, et craignant Dieu! Ils font partie de la bande, ils se mêlent à tout ce désordre, ils foulent aux pieds les lois divines. Est-ce que vous allez encore prendre le parti de ces gens-là?

WEINHOLD

Certainement non, monsieur le pasteur. — C'est-à-dire, monsieur le pasteur... *cum grano salis*. Ce sont de pauvres gens affamés, ignorants. Ils témoignent de leur mécontentement comme ils peuvent. Il ne faut pas attendre de ces pauvres gens...

Mme KITTELHAUS, *petite, maigre, fanée, ressemblant plus à une vieille fille qu'à une femme.*

Monsieur Weinhold, je vous en prie...

DREISSIGER

Monsieur le théologue, j'ai le regret de vous dire... que je ne vous ai pas pris chez moi pour que vous m'y fassiez des conférences humanitaires. Je vous prie de vous restreindre à l'éducation de mes enfants, et de me laisser m'occuper, moi seul, de ce qui me regarde seul. Vous me comprenez?

WEINHOLD, *tout pâle, reste un instant immobile, puis il s'incline avec un sourire forcé, et doucement :*

Certainement, monsieur Dreissiger. Certainement, je vous ai compris, je prévoyais bien ce qui arriverait. Et cela se trouve d'ailleurs conforme à mon désir. *(Il s'en va).*

DREISSIGER, *brutalement.*

Alors, monsieur, quittez-nous le plus tôt possible. Nous aurons besoin de votre chambre.

Mme DREISSIGER

Voyons, voyons, Guillaume !

DREISSIGER

Perds-tu l'esprit ? Tu veux te mettre à défendre un homme qui cherche à excuser des abominations et des horreurs comme cette ignoble chanson.

Mme DREISSIGER

Mais, mon chéri, il l'a pas vraiment excusée !

DREISSIGER

Voyons, monsieur le pasteur, oui ou non, a-t-il pris la défense de ces brutes ?

KITTELHAUS

Monsieur Dreissiger, il faut le lui pardonner à cause de sa jeunesse.

DREISSIGER

Je n'y comprends rien. Ce garçon-là est pourtant d'une bonne et honorable famille. Son père a été employé quarante ans, et il n'y a jamais rien eu à dire sur lui. La mère était si heureuse qu'il eût trouvé un bon emploi chez nous! Et maintenant... voilà qu'il ne sait même pas en profiter!

PFEIFER, *ouvrant brusquement la porte qui donne sur l'antichambre, et criant.*

M'sieu Dreissiger, y z'en ont arrêté un. Y faudrait venir.

DREISSIGER, *vivement.*

Est-on allé prévenir la police?

PFEIFER

M'sieu l'commissaire monte déjà l'escayer.

DREISSIGER, *à la porte.*

Votre dévoué serviteur, monsieur le commissaire, je suis content que vous soyez venu. (*Kittelhaus fait comprendre aux dames, par des signes, qu'il est mieux de se retirer. Lui, sa femme et Mme Dreissiger, disparaissent dans le salon.*) Monsieur le commissaire, j'ai enfin fait arrêter un des principaux meneurs par mes ouvriers teinturiers. Je ne pouvais pas supporter plus longtemps leur insolence. Ils sont d'une audace qui dépasse les bornes. C'est révoltant. J'ai des invités, et ils poussent l'impudence... Ma femme n'a qu'à se montrer pour être insultée. La vie de mes enfants même n'est plus en sûreté. Et je risque de voir maltraiter mes hôtes. Je vous assure que si, dans une société civilisée, de pareils faits pouvaient rester impunis, si de braves gens comme ma famille et moi devaient rester exposés aux injures et aux mauvais coups de ces drôles... vraiment... vraiment, ce serait à désespérer de tout.

LE COMMISSAIRE DE POLICE (*un homme d'environ cinquante ans, de taille moyenne, corpulent, sanguin. Il porte un uniforme de cavalerie avec un sabre traînant et des éperons*).

Mais... certainement non, certainement non, monsieur Dreissiger. Reposez-vous en sur moi. Et tranquillisez-vous, je suis tout à votre disposition. C'est trop naturel... Et j'apprends avec plaisir que vous avez déjà fait arrêter un de ces braillards. Il faut en finir, en effet. Et il y a ici quelques mauvais garnements que je guette depuis longtemps.

DREISSIGER

Des gamins encore, de vilains drôles, qui ont peur du travail, qui ne veulent rien faire, des débauchés qui passent leur vie au cabaret, à boire jusqu'à leur dernier pfennig. Mais je suis résolu à en finir avec toute cette vermine. Et c'est autant dans l'intérêt de tout le monde, que dans mon propre intérêt.

LE COMMISSAIRE DE POLICE

Evidemment, monsieur Dreissiger, évidemment. Personne ne peut le trouver mauvais. Et autant qu'il dépendra de moi...

DREISSIGER

On devrait mener tout ça à la baïonnette.

LE COMMISSAIRE DE POLICE

Parfaitement. On fera un exemple.

LE GENDARME KUTSCHE *entre et prend une posture militaire. La porte de l'antichambre est restée ouverte: et on entend le bruit de pas lourds sur l'escalier.*

M'sieu l'commissaire, pour avoir el' respect d'vous l'dire, nous avons arrêté un homme.

DREISSIGER

Voulez-vous le voir, cet homme, monsieur le commissaire?

LE COMMISSAIRE DE POLICE

Mais certainement, certainement. Nous allons l'interroger, le serrer de près. Je vous demanderai seulement, monsieur Dreissiger... Ne vous inquiétez pas. Je vous donnerai satisfaction, foi de Heide.

DREISSIGER

Ce que vous me dites là ne peut pas me suffire, il faut que cet homme passe en jugement.

JÆGER (*tenu par cinq teinturiers, qui ont les mains, le visage et les habits tachés de couleurs, parce qu'ils viennent de leur travail. Le prisonnier a sa casquette de travers; il témoigne d'une gaîté insolente, portée au plus haut degré par les nombreuses libations qu'il a dû faire*).

Tas d'gredins!... Et ça se dit des ouvriers! ça prétend êt' des camarades. Mais putôt que d'trahir comme ça des compagnons, j'aimerais mieux m'couper la main (*Sur un signe du commissaire, Kutsche va retirer le prisonnier des mains de ses camarades. Jæger est maintenant libre. Il conserve la même attitude insolente. Les portes sont gardées autour de lui*).

LE COMMISSAIRE DE POLICE, *énergiquement à Jæger*.

Bas la casquette, vaurien (*Jæger retire sa casquette, mais lentement, et sans cesser de ricaner*). Comment t'appelles-tu?

JÆGER

Eh ben, dis donc, est-ce que nous avons gardé les cochons ensemb'? (*Mouvement parmi les assistants*).

DREISSIGER

Ah! c'est trop fort.

LE COMMISSAIRE DE POLICE *change de couleur, il va éclater de colère, mais il se retient.*

Ça se paiera... Je t'ai demandé ton nom? (*Jæger ne répond pas. Le commissaire avec rage*). Parle, voyou, ou je te fais donner la schlague.

JÆGER *toujours ricanant, et sans paraître même avoir entendu le commissaire, aperçoit, par dessus les têtes, une jolie servante, qui vient d'arriver, portant le café, et qui reste là tout interdite.*

Eh! dis donc, la belle Emilie, t'as du monde ici, t'es en réception? Grand bien t'fasse! Mais l'vent peut tourner, la belle, y suffit d'une heure pour euq' tout change (*La jeune fille regarde fixement Jæger, et lorsqu'elle comprend que c'est à elle qu'il s'adresse, elle rougit de honte, se cache les yeux de la main, et se sauve, abandonnant là le plateau avec le café. Nouveau mouvement parmi les assistants*).

LE COMMISSAIRE DE POLICE *presque hors de lui, à Dreissiger:*

Oh! une telle impudence!... (*Jæger crache*).

DREISSIGER

Rustre, tu n'es pas dans une écurie, ici, tu comprends?

LE COMMISSAIRE DE POLICE

Ah! je suis à bout de patience. Encore une fois, ton nom?

KITTELHAUS, *qui pendant la dernière scène a regardé et écouté ce qui se passait derrière la porte entr'ouverte du salon, rentre maintenant, intéressé au plus haut point par ce qu'il a vu et entendu, et tout tremblant d'émotion, il se décide à intervenir.*

Il s'appelle Jæger, monsieur le commissaire. Maurice, n'est-ce pas?... Oui, Maurice Jæger (*à Jæger*) Est-ce que tu ne me connais plus?

JÆGER, *très gravement.*

Vous êtes m'sieu le pasteur Kittelhaus.

KITTELHAUS

Mais oui, ton pasteur, Jæger, ton père spirituel, celui qui t'a reçu dans la communauté des fidèles, alors que tu n'étais qu'un petit enfant au berceau, celui des mains de qui tu as reçu pour la première fois le corps du Seigneur. Voyons, tu te le rappelles encore! Et je me suis dévoué à t'enseigner la parole divine. Est-ce là ta reconnaissance?

JÆGER, *sur un ton d'écolier qui baisse la tête sous les reproches.*

J' vous ai payé, j' vous ai donné de l'argent, un thaler.

KITTELHAUS

De l'argent, de l'argent!... Crois-tu donc que ce misérable argent... Tu pouvais le garder, ton argent, qu'il ne soit plus question de ça... En voilà une sottise... Voyons, sois un honnête homme, un bon chrétien. Pense aux serments que tu as faits. Observe les divins commandements. Sois bon et pieux... De l'argent! de l'argent!

JÆGER

J' suis devenu quaker, m'sieu l' pasteur, j' crois pus à rien.

KITTELHAUS

Qu'est-ce que tu veux dire ? Quaker ! Tais-toi donc, corrige-toi, et ne dis pas des mots que tu ne comprends pas. D'abord ce sont des gens pieux, ceux-là, et non pas des païens comme toi. Quaker !

LE COMMISSAIRE DE POLICE

Avec votre permission, monsieur le pasteur (*Il se place entre lui et Jæger*). Kutsche, liez-lui les mains.

BEAUCOUP DE VOIX, *au dehors, poussant des cris sauvages.*

Jæger, Jæger, faut nous l' rend'.

DREISSIGER, *un peu effrayé, ainsi que les autres assistants, s'approche machinalement de la fenêtre.*

Qu'est-ce que ça veut encore dire ?

LE COMMISSAIRE DE POLICE

Oh ! je comprends, ils veulent qu'on leur rende le coquin. Mais je ne leur ferai pas ce plaisir. C'est compris, Kutsche ? A la prison.

KUTSCHE, *les menottes à la main, hésitant.*

Sauf vot' respect, m'sieu l' commissaire, ça s'ra p't-êt' pas commode. Y a là toute la maudite bande, des vrais démons lâchés, m'sieu l' commissaire. Y a l' Bæcker, y a l' forgeron.

KITTELHAUS

Permettez, monsieur le commissaire, pour ne pas envenimer les choses, ne serait-il pas mieux d'essayer de la persuasion ? Peut-être que Jæger consentirait de lui-même à vous suivre, ou même...

LE COMMISSAIRE DE POLICE

Y pensez-vous ! Et ma responsabilité ? Il est impossible que j'essaie ce que vous dites. Allons, Kutsche, et vivement.

JÆGER, *joignant les mains et les tendant en riant à Kutsche.*

Serre, mon vieux, serre bien, encore plus fort, toujours, allons! Ça s'ra pas pour longtemps *(Kutsche lui lie les mains, aidé des ouvriers présents).*

LE COMMISSAIRE DE POLICE

Maintenant en avant, marche *(à Dreissiger).* Si vous avez des inquiétudes, faites-nous accompagner par six de vos teinturiers. Ils le mettront au milieu d'eux. Je marcherai en avant, Kutsche suivra. Et si quelqu'un fait mine de nous barrer le passage, on le sabrera *(En bas, de nouveaux cris de toutes sortes).*

LE COMMISSAIRE DE POLICE, *faisant un geste de menace vers la fenêtre.*

Canailles, je vais vous faire crier, moi. attendez. En avant, marche *(Il sort le premier, le sabre au clair. Les autres suivent avec Jæger).*

JÆGER, *crie en s'en allant :*

Mame Dreissiger a beau s' pavaner et faire la fière, a n'est pas pus qu' nous aut'. Mon père y a servi assez souvent pour trois pfennigs d'eau-de-vie. Compagnie, par le flanc gauche, marche *(Il sort en ricanant).*

DREISSIGER, *après un silence, et paraissant calmé.*

Qu'en pensez-vous, monsieur le pasteur? Allons-nous faire notre whist? Je pense qu'il n'y a plus d'obstacle. *(Il fait entendre quelques petits rires nerveux, en allumant un cigare, puis, aussitôt le cigare allumé)* Maintenant, je commence à trouver l'aventure comique. Cet individu! *Dans un accès de rire nerveux* C'est cependant tout à fait ridicule! Cette discussion à table avec le théologue. Et cinq minutes après, il donne sa démission. Et le voilà parti à tous les diables. Puis cette affaire-ci. Enfin! allons faire notre whist.

KITTELHAUS

Oui mais... *Hurlements en bas* mais... vous entendez ces gens, ils font un bruit effroyable.

DREISSIGER

Passons dans l'autre pièce, rien ne nous y troublera.

KITTELHAUS, *branlant la tête.*

Si on savait seulement ce qu'ils ont en tête! Ce que disait Weinhold... jusqu'ici c'était aussi mon avis, que ces tisserands étaient une race de travailleurs patients, très humbles, et faciles à diriger. Ne le pensiez-vous pas aussi, monsieur Dreissiger?

DREISSIGER

Oui, ils étaient patients et dociles, c'étaient des gens honnêtes et de bonnes mœurs, jusqu'au jour où les prêcheurs d'humanitarisme s'en sont mêlés. On s'est mis à leur persuader qu'ils étaient dans la plus noire misère. Pensez donc, tous ces comités, toutes ces associations, pour remédier à la misère des tisserands! Ils ont fini par y croire, ils se sont laissés prendre au piège, et maintenant allez donc les en tirer! Ils ne cessent plus de se plaindre. Il n'y a plus rien d'assez bon ni d'assez beau pour eux *On entend tout à coup au dehors un hourrah formidable qui va en grandissant*).

KITTELHAUS

Oui, avec toutes leurs idées humanitaires, ils n'ont

réussi qu'à faire des loups enragés de ces gens qui étaient doux comme des agneaux.

DREISSIGER

Eh bien, en y réfléchissant, monsieur le pasteur, tout ça peut encore avoir son bon côté. Il n'est pas possible que des événements de cette sorte passent inaperçus dans les cercles dirigeants. Et on se rendra compte alors que ça ne peut pas durer, qu'il faut intervenir, si on ne veut pas ruiner sans ressource notre industrie locale.

KITTELHAUS

Oui, mais à quoi peut tenir ce recul en arrière, le savez-vous ?

DREISSIGER

Les pays étrangers se sont barricadés contre nous par des tarifs de douane qui dépassent la raison. Tous les meilleurs marchés nous sont fermés, et la concurrence à l'intérieur nous ruine. Nous sommes sacrifiés, complètement sacrifiés.

PFEIFER, *entrant tout pâle, la respiration coupée, et en chancelant.*

M'sieu Dreissiger, m'sieu Dreissiger !

DREISSIGER, *déjà à la porte du salon où il était sur le point d'entrer, se retourne d'un air agacé.*

Eh bien, voyons, qu'est-ce qu'il y a encore?

PFEIFER

Ah non !... non... faut pus y penser.

DREISSIGER

Voyons, qu'est-ce qui se passe?

KITTELHAUS

Vous nous faites une peur! Parlez donc.

PFEIFER, *qui n'a pas encore repris possession de lui-même.*

Ah non... non... faut pus y penser... Ah non! voir ça... voir ça!... Les autorités... Ah! des choses comme ça!...

DREISSIGER

Mais sacrebleu, qu'est-ce que vous avez? Y a-t-il quelqu'un de tué?

PFEIFER, *pleurant et criant de frayeur.*

Y z'ont délivré... Maurice Jæger... rossé le commissaire, et ils l'ont chassé, et l'gendarme aussi, rossé et chassé, sans casque, son sabre brisé... Ah non, non...

DREISSIGER

Vous perdez la tête.

KITTELHAUS

Ce serait une révolution!

PFEIFER, *tombant sur une chaise, tremblant de tout son corps, et gémissant.*

Ah! m'sieu Dreissiger, ça s'corse, ça d'vient sérieux.

DREISSIGER

Eh bien! s'il faut mettre sur pied toute la police....

PFEIFER

Ça devient sérieux.

DREISSIGER

Eh! que diable, fichez-moi la paix.

MADAME DREISSIGER, *venant du salon avec la femme du pasteur.*

Mais c'est révoltant, Guillaume, voilà toute not'belle soirée gâtée. Vois-tu pas madame Kittelhaus qui s'en veut retourner chez elle.

KITTELHAUS

Chère et bonne madame Dreissiger, c'est peut-être en effet maintenant ce qu'il y aurait de mieux à faire.

MADAME DREISSIGER

Mais, Guillaume, y suffirait p't'êt qu't'ailles leur dire sérieusement....

DREISSIGER

Mais, vas-y donc, toi, vas-y, vas-y!... (*S'arrêtant devant le pasteur, et lui demandant brusquement*). (Voyons, suis-je un tyran? Suis-je un écorcheur d'hommes?

LE COCHER JEAN, *entrant.*

Madame, j'viens d'atteler. M'sieu l'théologue a déjà fait mettre dans la voiture le p'tit Georges et le p'tit Charles. Si ça s' gâte, y aura qu'à filer.

MADAME DREISSIGER

Qu'est-ce que vous voulez qui se gâte?

JEAN

J'sais pas, moi... J' disais ça... Y a toujours de plus en plus d' gens qui s'amassent là à crier. Et y viennent ed' chasser l' commissaire avec el' gendarme.

PFEIFER

Ah! ça d' vient sérieux, m'sieu Dreissiger, ça d'vient sérieux.

MADAME DREISSIGER, *dont la peur augmente.*

Quoi ? Qu'est-ce qu'y a ? quoi qu'y veulent, ces gens? Y peuvent pas nous atteindre, n'est-ce pas, Jean ?

JEAN

Madame, voyez-vous, y a d'rudes chiens enragés, là-bas.

PFEIFER

Ah! oui, ça d'vient sérieux, ça d'vient salement sérieux.

DREISSIGER

Tais-toi donc, imbécile. A-t-on verrouillé les portes?

KITTELHAUS

Faites-moi le plaisir..., je vous en prie, faites-moi le plaisir.... J'ai pris une résolution... faites-moi le plaisir... (*à Jean*) Qu'est-ce qu'ils désirent au juste, ces gens ?

JEAN, *embarrassé*.

Y voudraient une augmentation d' salaire, les imbéciles.

KITTELHAUS

Bien, bien, je vais sortir, et faire mon devoir, leur parler sérieusement.

JEAN

Oh non, m'sieu l' pasteur, faites pas ça, tout c' qu'on peut dire maintenant...

KITTELHAUS

Cher monsieur Dreissiger, plus qu'un mot : je vous en prie, mettez des gens derrière la porte, et qu'on referme sur moi tout de suite.

MADAME KITTELHAUS

Non, vraiment, Joseph, tu veux ?

KITTELHAUS

Je le veux, je le veux. Je sais ce que je fais. Ne t'inquiète pas de moi, le Seigneur me prendra sous sa protection. (*Mme Kittelhaus lui serre la main, puis se recule en essuyant ses larmes. On entend au dehors le bruit sourd d'une grande masse de gens qui s'agitent et causent et crient*). Je ferai... oui, je ferai comme si je retournais tranquillement à la maison... je verrai bien si mon caractère de prêtre... si ces gens ont encore du respect pour moi... je verrai... (*Il prend sa canne et son chapeau*). Allons... et que Dieu me protège. (*Il sort, suivi de Dreissiger, de Pfeifer et de Jean*).

MADAME KITTELHAUS

Chère madame Dreissiger (*Elle éclate en sanglots et la serre contre sa poitrine*). Pourvu qu'il ne lui arrive pas malheur !

MADAME DREISSIGER (*comme si elle avait l'esprit absent*).

J'sais pas, mame Kittelhaus, j'comprends pus... j'sais pus où j'en suis... Mais c'est pas possib'... Alors... alors, c'est comme si qu'ça s'rait un crime d'êt' riche ! Ah ! si que'qu'un m'avait dit ça, j'sais pas, mais y m'semb'... qu'j'aurais mieux aimé rester pauv' comme j'étais.

MADAME KITTELHAUS

Chère Madame Dreissiger, dans toutes les conditions on a des chagrins et des déceptions.

MADAME DREISSIGER

Eh bien voilà, c'est c'que j'pensais... Et de c'qu'on possède un peu plus qu'd'aut' gens... Seigneur Jésus, on l'a pourtant pas volé !... Ç'a été gagné sou par sou, honnêtement. Alors c'est pas possib' qu'on s'mette comme ça contre nous ! C'est-y de la faute à mon homme, si les affaires vont pas ? (*Le bruit augmente toujours au dehors. Pendant que les deux femmes, toutes pâles, se regardent tout effrayées, Dreissiger rentre précipitamment*).

DREISSIGER

Rosa, prends un manteau, et cours à la voiture, je te suis (*Il court au coffre-fort, l'ouvre, et y prend les objets de valeur*).

JEAN *rentre*.

Tout est prêt. Mais faut s' dépêcher, avant qu'la porte ed' derrière soit occupée.

MADAME DREISSIGER, *serrant Jean contre elle dans son affolement*.

Jean, mon cher Jean, faut nous sauver d'là, mon cher Jean, sauve mes petits, mon Dieu, mon Dieu !

DREISSIGER

Ah ! sois donc raisonnable, et lâche donc Jean.

JEAN

Madame, vous pouvez êt'tranquille. Les chevaux sont en bon état, y aura pas moyen d'les arrêter. Et les ceusses qui voudront quand même essayer, on leur z'y passera su'l'corps (*Il sort*).

MADAME KITTELHAUS, *dans une angoisse sans nom*.

Mais mon mari ?... mon mari ?... Monsieur Dreissiger... mon mari ?

DREISSIGER

Soyez tranquille, madame Kittelhaus, il n'a aucun mal, soyez tranquille.

MADAME KITTELHAUS

Oh! si, il lui est arrivé quelque chose, mais vous ne voulez pas me le dire! vous ne voulez pas me le dire!

DREISSIGER

Ah! soyez tranquille, ils le paieront cher! J'ai vu, et bien vu, ceux qui en étaient! Et je vous garantis qu'on ne laissera pas ça sans vengeance. Maltraiter ainsi son pasteur! Des bêtes venimeuses, rien de plus, enragées, et qu'il faut traiter comme elles le méritent! (*A sa femme qui reste là comme hébétée*) Mais va donc, dépêche-toi (*On entend de grands coups frappés contre la porte de la maison*). Tu n'entends donc pas, ils ont perdu la tête (*On entend tomber des vitres brisées au rez-de-chaussée.*) Il n'y a plus rien à faire, qu'à se sauver, et tout de suite.

DES VOIX D'EN BAS, *avec ensemble, criant.*

Pfeifer, y nous faut Pfeifer!

MADAME DREISSIGER

Y demandent que Pfeifer sorte.

PFEIFER, *rentre précipitamment.*

M'sieu Dreissiger, y a déjà des gens à la porte de derrière. Et la porte d'entrée tiendra pas trois minutes. Y a Wittig, cl'forgeron, qui cogne avec un seau cerclé de fer, comme un enragé (*On entend plus distinctement les cris des tisserands*).

DE NOMBREUSES VOIX (*au dehors*).

Pfeifer! Pfeifer! y nous faut Pfeifer! (*Madame Dreissiger se sauve, comme si elle était poursuivie. Madame Kittelhaus la suit*).

PFEIFER, *écoute, devient tout pâle, comprend les cris des tisserands, et dans son angoisse, reste un moment comme privé de sens. Les paroles qui suivent, il les prononce en pleurant, en gémissant, avec des supplications et de petits cris plaintifs, en brouillant les mots. Il accable en même temps Dreissiger de caresses enfantines, lui flattant les joues et les bras, lui baisant les mains, et finalement se cramponnant à lui comme un noyé, et l'empêchant ainsi de faire aucun mouvement*).

Ah! cher M'sieu Dreissiger, mon pauv'monsieu, mon bon monsieur! m'laissez pas ici. J'vous ai toujours servi avec fidélité: les gens aussi, j'les traitais vraiment pas mal. J'pouvais pourtant pas leur donner plus que l'salaire convenu. M'abandonnez pas, y veulent em'tuer. S'y m'trouvent, bien sûr qu'y m'feront mon affaire. Ah! seigneur Dieu, seigneur Dieu! ma femme! mes enfants!

DREISSIGER, *en s'éloignant, tout en faisant de vains efforts pour se débarrasser de Pfeifer.*

Mais lâchez-moi donc, au moins! Lâchez-moi, imbécile! Tout ça s'arrangera; lâchez-moi (*Ils disparaissent tous les deux*).

(La scène reste vide quelques instants. Les fenêtres du salon se brisent. On entend un craquement formidable suivi d'un long hourrah. Ensuite un silence. Quelques secondes se passent, on perçoit le bruit de pas timides qui viennent du rez-de-chaussée au premier étage. Et puis des appels hésitants).

DIVERSES VOIX

A gauche. — En haut — Pschtt — Pas si vite, pas si vite. A l'aide, tout le monde — V'là qué'que chose. — Nous allons à la noce. — Viens-tu, toi ? etc. etc. (*De jeunes tisserands et des filles de tisserands se montrent sur le seuil de la porte qui mène à l'antichambre. Ils n'osent pas entrer, et chacun cherche à pousser son voisin en avant. Mais bientôt leur timidité disparaît, et la cohue de ces pauvres êtres minables, amaigris, souffreteux, couverts de haillons ou de loques tant bien que mal attachées, se répand dans le cabinet et le salon de Dreissiger, regardant d'un air craintif mais avec curiosité. Des filles s'asseoient sur les sofas, pour voir comment on est assis : il se forme des groupes, qui considèrent avec étonnement leur image dans les glaces. Quelques tisserands plus hardis montent sur des chaises, pour regarder les tableaux et les décrocher. Il survient constamment de nouvelles figures*).

LE PREMIER VIEUX TISSERAND, *entrant.*

Non, non, fiche-moi la paix. En bas, y commencent déjà à tout esquinter. C'est d'la folie. Y a pas d'sens à faire des choses comme ça. Et vous verrez qu'à la fin des fins, ça finira mal. Les ceusses qu'ont encore un peu d'raison ici, y s'en mêleront pas. Moi, pour sûr que j'm'en mêle pus. (*Jæger, Bæcker, Wittig avec son seau, Baumert et un grand nombre de jeunes et de vieux tisserands entrent, comme s'ils poursuivaient quelqu'un, criant tous ensemble avec des voix enrouées*).

JÆGER

Où qu'il est passé ?

BÆCKER

Oui, où qu'il est l'suceur de sang ?

BAUMERT

Ah ! tu nous fesais manger d'l'herbe, on t'fera manger des copeaux.

WITTIG

Si on l'attrape, faut l'pend'.

UN PREMIER JEUNE TISSERAND

Faut l'prend' par la peau du cul, et le fout' par la fenêtre, qu'y s'casse la gueule sur el'pavé.

UN SECOND JEUNE TISSERAND, *qui arrive.*

Oui, mais il a filé, il est loin maintenant.

TOUS

Qui ça ?

LE SECOND JEUNE TISSERAND

Dreissiger.

BÆCKER

Et aussi Feifer ?

DE NOMBREUSES VOIX

Cherchons Pfeifer.

BAUMERT

Y a assez longtemps qu'y nous écrase, faut y faire son affaire (*Tous se précipitent vers la porte du salon, où ils vont tout mettre à sac*).

BÆCKER, *se met à la tête de la troupe, se retourne et les arrête un instant.*

Halte, écoutez un peu. Sitôt fini aussi, ça n'fera

qu'commencer. D'ici, faut monter à Bielau, chez Dietrich, c'lui qu'a des métiers mécaniques. Toute la misère vient d'ces machines-là.

LE VIEUX ANSORGE, *venant de l'antichambre. Après avoir fait quelques pas, il s'arrête, regarde autour de lui comme s'il ne pouvait en croire ses yeux, branle la tête, se frappe le front, et dit :*

C'est-y bien moi? l'tisserand Antoine Ansorge? J'suis-t-y devenu fou? C'est vrai, tout m'tourne. Qui qu'on fait ici? Ah! y a d'quoi rire, mon vieux Ansorge! Oui, oui, on s'foutait d'nous; mais faut qu'on file doux, maintenant. Bas les pattes, bas les mains; et qui qu'y m'prend ma p'tite maison, j'y prends la sienne. V'là comme c'est. Allons-y (*Il court vers la porte du salon en criant. Tous le suivent en poussant aussi des cris de joie*).

PERSONNAGES DU CINQUIÈME ACTE

BÆCKER.
MAURICE JÆGER.
LE VIEUX BAUMERT.
WITTIG.
HORNIG.
LE VIEUX HILSE, tisserand.
LA MÈRE HILSE, sa femme.
GOTTLIEB, leur fils.
LOUISE, femme de Gottlieb.
MILIENNE, leur fille.
SCHMIDT, chirurgien.

Un grand nombre de vieux et de jeunes tisserands et de femmes de tisserands.

CINQUIÈME ACTE

A Langen-Bielau.

La petite chambre-atelier du vieux Hilse. A gauche, une petite fenêtre, devant laquelle il y a un métier. A droite, un lit, et une table tout près du lit. Dans le coin, à droite, le poêle, avec un banc. Autour de la table. assis sur des escabeaux, et sur le rebord du lit, le vieux Hilse. et sa femme, très vieille aussi, aveugle et presque sourde; puis leur fils Gottlieb et sa femme Louise. Ils se recueillent pour la prière du matin. Un rouet à bobiner, avec dévideur, est placé entre la table et le métier. Aux poutres brunies du plafond sont suspendus toutes sortes de vieux objets pour tisserands. ainsi que de longs écheveaux. Beaucoup de vieux ustensiles. dispersés dans la chambre. La pièce, étroite et basse. a une porte dans le mur du fond. qui donne sur la principale pièce de la maison. De l'autre côté. en face. une autre porte, ouverte. laisse apercevoir une nouvelle chambre de tisserand, pareille à celle où se passe l'action. La maison est dallée de pierres; tout paraît détérioré et hors d'usage, il y a un escalier de bois. à demi-pourri. qui conduit à une mansarde, On aperçoit à demi un baquet sur un escabeau. et, accrochés çà et là, des linges en loques. Il y a aussi toutes sortes de vieux objets de ménage. à demi démolis et sales. La lumière tombe du côté gauche dans les trois pièces.

LE VIEUX HILSE, *un vieillard à longue barbe, qui avait une taille puissante, mais qui est maintenant courbé et abattu par l'âge, le travail, la maladie et les privations. C'est un ancien soldat. qui n'a plus qu'un bras. Il a un long nez pointu, la figure d'une teinte gris sale ; ses membres tremblent. On dirait qu'il n'a que la peau et les os. Il a les yeux creux et malades comme tous les tisserands. Après s'être levé, ainsi que son fils et sa belle-fille, il prie :)*

Seigneur mon Dieu, nous n' pouvons pas assez te remercier pour la grâce que tu nous as faite, de nous donner encore cette journée, et d' nous avoir pris sous ta sainte garde pendant la nuit qui vient d' finir. Seigneur, ta bonté n'connaît point d' bornes, et nous sommes de pauvres pécheurs, pas même dignes d'embrasser tes genoux, de pauv' misérab' pécheurs ! Mais toi, Père céleste, tu daignes avoir pitié d' nous, et abaisser ton regard sur nous, par les mérites de notre divin Sauveur. Le sang et les mérites cd' Jésus, c'est not' force et notre gloire. Mais si nous plions qué'ques fois sous l'adversité, si nous n' répondons pas à toutes les grâces cuq' tu nous fais, Seigneur, daigne nous pardonner notre péché. Donne-nous la patience, ô Père céleste, pour qu'après cette vie d' souffrance, nous ayons part à l'éternité bienheureuse. Amen.

LA MÈRE HILSE *(qui a écouté de toutes ses forces, penchée vers son mari, dit en pleurant) :*

Ah ! mon pauv' vieux, tu fais toujours cd' si belles prières ! *(Louise va du côté où est le baquet. Gottlieb, dans la chambre qui est de l'autre côté).*

LE VIEUX HILSE

Où est donc la p'tite ?

LOUISE

A Peterschwalde, chez Dreissiger. Elle a encore préparé qué'ques bobines, hier soir.

LE VIEUX HILSE, *parlant très haut.*

Maintenant, mère, j' vas t'apporter le rouet.

LA MÈRE HILSE

Oui, mon vieux, apporte.

LE VIEUX HILSE, *plaçant le rouet devant elle.*

Ah ! je voudrais bien qu' t'ayes pus b'soin d' travailler à ça.

LA MÈRE HILSE

Ben, mon vieux, on s'embèterait, à rien faire.

LE VIEUX HILSE

J'vas t'essuyer un p'tit peu les doigts, qu'y graissent pas l'fil.—T'entends? *(Il lui nettoie les mains avec un torchon).*

LOUISE, *près du baquet.*

Comme si qu'nous aurions mangé que'que chose de gras !

LE VIEUX HILSE

A défaut d'viande. on mange du pain sec, — et si on a pas d'pain... des pommes de terre.— Et si on a pas d'pommes de terre... du trèf' séché.

LOUISE

Et quand y a même pas d'farine noire, faut faire comme les voisins Wengler, aller voir où qu'l'équarrisseur a enterré un cheval crevé, pour el' déterrer, et viv' qué'ques semaines de c'te charogne. — Pas, on fera comme ça ?

GOTTLIEB, *de la pièce du fond.*

Ah ! te v'là encore à r'dire des bêtises.

LE VIEUX HILSE

Y faut s'veiller, ma fille, à pas dire des parol' impies. (*Il s'approche de son métier, et appelant*) Gottlieb, faudra m'aider, y a qué'ques fils à passer.

LOUISE, *toujours près du baquet.*

Gottlieb, viens aider au père.

(Gottlieb vient, et tous deux se mettent au travail difficile de passer les fils dans le peigne. A peine ont-ils commencé, qu'on aperçoit Hornig dans la maison).

HORNIG, *à la porte de la chambre.*

Bonne chance dans vot' travail.

LE VIEUX HILSE, *et son fils.*

Bien l'merci.

LE VIEUX HILSE

Mais dis donc, Hornig, tu dors donc jamais? Tout l'jour tu fais ton commerce, tu passes la nuit en sentinelle...

HORNIG

C'est, en effet, que j'dors pus.

LOUISE

Bonjour, Hornig.

LE VIEUX HILSE

Eh ben, quoi qu'tu dis d'bon ?

HORNIG

Ah! d'belles nouvelles maître; ceux d'Peterschwalde, y z'ont enfin tenté le diab', et fait fiche le camp au Dreissiger et à toute sa bande.

LOUISE, *manifestant quelque excitation.*

V'là encore Hornig qui raconte des mensonges !

HORNIG

Pas du tout, jeune femme, j'dis qu'la vérité. — J'ai d'beaux p'tits tabliers dans ma voiture. — Oui j'dis rien qu'la vérité. Ah oui, qu'ils l'ont bien chassé ! Hier soir y s'a sauvé jusqu'à Reichenbach. Ah là là ! On a pas voulu d'lui nulle part, à cause qu'on avait peur des tisserands, et y a fallu refiler du côté d'Schweinitz.

LE VIEUX HILSE, *plaçant avec grand soin les fils dans les yeux du peigne, pendant que Gottlieb les prend de l'autre côté avec une pince, pour les tirer.*

Ben, v'là assez d'blagues, pas vrai ?

HORNIG

Que j'sois pendu, si j'mens. — Y a qu'à demander au premier gosse venu.

LE VIEUX HILSE

L'quel ed' nous deux, qui perd la tête ?

HORNIG

Mais j'te jure qu'tout ça c'est aussi vrai qu'*amen* à l'Eglise ; j'aurais rien affirmé, si j'y avais pas été, en personne, mais j'l'ai vu, j'ai tout vu, moi-même, avec mes propres yeux, comme ej'te vois là, Gottlieb. Y z'y ont démoli sa maison, au fabricant, d'la cave au gregnier, et tout cassé, tout démoli, tout esquinté, les meub', les tableaux, les glaces, les fauteuils, tout jeté par la fenêt', et brisé, et envoyé au diab'. C'qu' y z'ont jeté aussi d'futaines ! L'eau du ruisseau coule pus, ma parole, et elle était devenu tout bleu, de tout l'indigo qu'y z'ont renversé. Y avait aussi des nuages d'poussière bleue, qui r'venaient tout l'temps. Non ! et puis qu'y z'ont mis l'feu à tout ! Y reste pus rien, dans les gregniers, dans la teinturerie, nulle part. — Pire qu'en temps de guerre.

LE VIEUX HILSE

Et c'est les tisserands d'ici qu'auraient fait ça? (*Il secoue lentement la tête d'un air incrédule. A la porte se sont rassemblés quelques autres habitants de la maison, poussés par la curiosité*).

HORNIG

Eh ben oui, qui qu'ça serait? j'peux t'les nommer tous par leur nom. J'ai conduit l'gouverneur dans la maison. Et j'ai causé avec beaucoup. Y z'étaient aussi gentils qu'd'habitude. Y faisaient leur affaire sans s'épater, mais à fond. L'gouverneur a causé avec eux, y z'y répondaient avec bien du respect, mais ça les arrêtait pas. Et tout y a passé : les plus beaux meub', hachés comme si qu'y z'auraient été payés pour ça.

LE VIEUX HILSE

T'aurais conduit l'gouverneur à travers la maison ?

HORNIG

Quoi ! j'ai rien à craind' ed' personne, j'suis connu comme el' loup blanc. J'ai jamais eu d'affaires, j' suis bien avec tout l' monde ; et aussi vrai que j' m'appelle Hornig, aussi vrai j'y ai été. Et vous pouvez m' croire, j'ai été pris d' pitié. Et l' gouverneur aussi, j' voyais ça, il en était pas loin ! C'est qu' voyez-vous, on n'entendait même pas un mot ; tout ça s' faisait en silence, c'était quasiment solennel ed' voir tous ces pauv' gens crevant d' faim, et qui s' vengeaient comme ça, sans rien dire.

LOUISE, *ne pouvant plus contenir son émotion, toute tremblante, et s'essuyant les yeux de son tablier.*

C'est trop juste, fallait qu'ça finisse comme ça !

VOIX DES AUTRES HABITANTS DE LA MAISON

Oui, y a assez comme ça d'écorcheurs du pauv' monde. — Ici, y en a encore un. — Y a quat' chevaux et six voitures dans son écurie, et c'est pour ça qu' ses ouvriers crèvent ed' faim.

LE VIEUX HILSE, *encore incrédule.*

Mais comment ça aurait-y pu venir, tout ça?

HORNIG

Qui qu' c'est qui peut l' savoir! On dit comme ci, on dit comme ça.

LE VIEUX HILSE

Mais qué qu' c'est qu'on dit?

HORNIG

Eh ben, v'là; y paraît qu' Dressiger aurait dit qu' les tisserands n'ont qu'à manger d' l'herbe, s'y veulent pas crever d' faim. J'sais pas aut' chose (*Mouvement parmi les assistants au fond, qui se répètent ces paroles avec des signes d'indignation.*)

LE VIEUX HILSE

Eh ben, écoute, Hornig, tu m'connais. Tu peux m' dire à moi : « père Hilse, y faut mourir demain. » « Eh ben oui, que j'dirai, pourquoi pas? » Tu peux me dire : « Père Hilse, demain t'auras la visite du roi d'Prusse... » Mais qu' des tisserands, des hommes comme moi et mon garçon, qu'y z' ayent fait des choses comme ça, c'est pas vrai, c'est pas vrai, jamais j'y croirai.

MILIENNE (*jolie fillette de sept ans, la longue chevelure filasse pendante, une petite corbeille au bras, arrive en sautant. Elle tend une cuiller d'argent à sa mère*).

P'tite mère, r' gard' donc c' que j'ai! Tu m'achèteras une robe avec ça.

LOUISE

Quoi qu'tu chantes là ! (*Avec une émotion toujours croissante*) Qué qu' t'apportes comme ça? Où qu' t' as été traîner? Et t'as pas livré les bobines? Qué qu' ça veut dire, tout ça ?

LE VIEUX HILSE

Dis-moi, fillette, où qu't'as eu c'te cuiller ?

LOUISE

C'est qu'elle l'aura trouvée.

HORNIG

A vaut bien ses deux ou trois thalers.

LE VIEUX HILSE (*hors de lui*).

Vas-tu filer, gamine, et filer vite ! Et plus vite, si tu veux pas que j'prenne un bâton. Et reporter la cuiller où tu l'as prise ! Est-ce que tu veux faire des voleurs de nous autres ? Ah ! je t'apprendrai, attends ! (*Il cherche une baguette pour la battre*).

MILIENNE, *pleurant, et s'accrochant aux jupes de sa mère.*

Non, grand-père, faut pas me battre... je t'assure... euq' c'est vrai... j' l'ai trouvée. Tous les enfants qui portaient des bobines, en ont des pareilles.

LOUISE, *partagée entre la crainte et l'exaltation.*

Là, vous voyez bien qu'elle l'avait trouvée... Où l'as-tu trouvée ?

MILIENNE, *sanglotant.*

C'est à... Peterschwalde, qu'on en ramassait. D'vant la maison à Dreissiger.

LE VIEUX HILSE

Quelle aventure ! Quelle aventure ! Mais dépêche-toi, si tu veux pas que j't'apprenne à courir.

LA MÈRE HILSE

Mais quoi qu'y a donc ?

HORNIG

J'vas t'dire qué'que chose, père Hilse. Faudrait que Gottlieb mett' son pal'tot, qu'y prenne la cuiller, et qu'il aille la porter au commissariat.

LE VIEUX HILSE

C'est juste, va mett' ton paletot, Gottlieb.

GOTTLIEB, *qui est déjà en train de le mettre.*

Oui, oui, c'est ça, j'vas aller chez le commissaire, et j'y dirai qu'y faut pas qu'y voye du mal à ça, qu'une gamine comme ça pouvait pas savoir ce' qu'a fesait. Et j'y r'donnerai la cuiller. Allons, pleure pus, p'tite. (*L'enfant toute en pleurs est conduite par sa mère dans la pièce de derrière. Louise ferme la porte et revient.*)

HORNIG

Oui, a vaut bien ses trois thalers.

GOTTLIEB

Donne aussi un linge, Louise, qu'a ne s'abime pas. Ah ! non, non, une p'tite machine, qui coûte si cher ! (*Il a des larmes dans les yeux pendant qu'il enveloppe la cuiller.*)

LOUISE

Si c'était à nous, on pourrait en viv' plusieurs semaines.

LE VIEUX HILSE

J'te conseille ed'dire qué'que chose. Y manquera pus qu'ça! Qu'a disparaisse, c'te cuiller du diab' ! que j'la voye pus ! (*Gottlieb sort, en emportant la cuiller.*)

HORNIG

Ah ! faut que j'voye aussi à m'en aller, moi. (*Il s'en va, reste quelques instants à causer dans la maison, puis il disparaît*).

LE CHIRURGIEN SCHMIDT, *un petit boulot, qui se démène comme s'il avait du vif argent dans les veines; il a un teint couperosé d'ivrogne. On le voit d'abord entrer dans la maison.*

Bonjour, vous aut'! Eh bien, en v'là d'belles histoires! En v'là! (*Menaçant du doigt.*) Oui, oui, faites semblant de rien savoir! (*Il est maintenant à la porte de la chambre*). Bonjour, père Hilse. (*Il n'entre pas encore, et se retournant vers une femme dans la maison*). Eh ben, p'tite mère, comment ça va ? Mieux, n'est-ce pas ? Vous voyez bien ! — Et vous, père Hilse, faut qu'je r'voie comment qu'ça va chez vous. Quoi qu'elle a, la p'tite mère ?

LOUISE

M'sieu l'docteur, son œil s'a desséché, a ne voit pus du tout.

LE CHIRURGIEN SCHMIDT

Oui, c'est la faute à la poussière, et au travail de nuit. Mais dites donc, comprenez-vous ça ? Tout Peterschwalde est sur pied, et marche par ici. Figurez-vous, ce matin, j'monte dans ma voiture, sans penser à mal, j'm'en vais tranquillement pour faire ma tournée, et v'là qu'j'apprends des choses étonnantes ! Que diabl' peut-y leur èt'passé par la tête, Hilse ? Y sont en rage comme une bande de loups, y s'mettent en révolution, et vont tout saccager... Mais Milienne, où est donc Milienne ? (*La fillette, les yeux encore rouges d'avoir pleuré, est amenée par sa mère*) :

Tiens, Milienne, r'garde un peu dans mes poches *L'enfant plonge la main dans la poche du paletot de Schmidt*. C'est pour toi, toutes ces noix-là. Là, là... pas toutes à la fois. Sacrée gamine! faut m'chanter que'qu'chose, maintenant, pas? Maître corbeau sur un arbre perché... Voyons : maître corbeau sur un arbre perché... Allons, dis, qu'est-ce qu'il avait l'corbeau...(*On entend sonner le tocsin au loin*). Ecoutez: on sonne el'tocsin à Reichenbach. C'est la fin du monde. Quelle abomination!

LE VIEUX HILSE

Y viennent donc vraiment sur Bielau?

LE CHIRURGIEN SCHMIDT

Oui, j'ai passé à traver'eux. A travers toute la bande. Mais y fesaient pitié, et j'serais bien descendu pour leur donner des remèdes à tous, tellement y z'avaient l'air d'une armée d'misérab'. Ça les empêchait pas d'chanter des chose'à faire frémir, à vous r'tourner l'estomac. Mon cocher Frédéric en tremblait comme une vieille femme. Il a fallu boire un bon coup d'schnaps par là-dessus pour nous r'mett'. Ah! j'voudrais pas'êt'fabricant, même si ça m'rapportait des millions! (*On entend chanter au loin*). Ecoutez, on croirait qu'on entend s'couer des os de morts dans une vieille marmite fêlée. Mes enfants, avant cinq minutes, y s'ront ici; j'vous laisse. Et faites pas d'bêtises, car on sera pas long à envoyer d'la troupe contre eux. Gardez vot'sang-froid. Ceux de Peterschwalde ont perdu la tête. (*On sonne maintenant le tocsin beaucoup plus près* Bon Dieu, v'là nos cloches aussi qui sonnent; faut qu'y soyent devenus complètement fous (*Il monte à l'étage supérieur*).

GOTTLIEB, *est de retour tout hors d'haleine. Il s'arrête un instant dans la salle du fond*

J'les ai vus, j'les ai vus ! (*à une des femmes qui écoutent*) Y sont là (*Sur le seuil de la porte*) : Y sont là, père, y sont là. Y z'ont des perches, et des piques, et des haches : y sont déjà chez Dietrich, à faire les quat'cent coups ! j'crois ben qu'y s'font donner tout son argent. Seigneur Jésus, quoi qu'y va arriver ! j'ose pas'y penser. Tant de gens, et tant, et tant ! S'y tombent su'les fabricants, c'est pas possib', y sont fichus !

LE VIEUX HILSE

Pourquoi qu't'as couru comme ça ? tu finiras par rattraper ton ancienne maladie, qui te r'mettra su'l'dos, à rien pouvoir faire et à souffrir !

GOTTLIEB, *un peu exalté et presque joyeux.*

Y fallait que j'coure, sans ça y m'auraient r'tenu. Y m'appelaient, y voulaient que j'leur tende la main. Mon parrain Baumert était avec eux. Y m'criaient d'aller ensemb' à la chasse aux thalers, qu'y a assez longtemps qu'on crève ed'faim. Y m'disaient même... qu'y fallait qu'mon père vienne aussi, qu'y fallait faire payer aux fabricants tous leurs crimes. (*Avec passion*) Oui, y va v'nir d'autres temps, qu'il a dit ; et ça marchera pus du tout pareil pour les tisserands. Y faut qu'on s'unisse tous, et qu'on aide à tout changer. A partir d'aujourd'hui, qu'nous ayons not'demi-liv' de viande tous les dimanches, et tous les jours de fête d'la saucisse et d'la choucroute, passe que tout va changer, qu'y m'a dit.

LE VIEUX HILSE, *réprimant sa colère.*

Y s'dit ton parrain ! et y veut t'faire faire des choses maudites comme ça ! Te laisse pas entraîner, Gottlieb. Y a la main du diab' là-d'dans.

LOUISE, *violemment, dominée par une exaltation passionnée.*

Oui, oui, Gottlieb, chauffe-toi les mollets derrière l'poêle ; prend' une cuiller dans la main, et une écuelle ed'lait battu sur tes genoux, laisse-toi mett' une bavette, et marmotte des orémus, ton père t'aime comme ça... Et ça s'dit un homme, ça! (*Rires des gens qui sont dans l'autre salle*).

LE VIEUX HILSE, *tout tremblant, mais contenant sa rage.*

Et toi, tu prétends êt' une femme comme y faut! Eh ben, j'vais t'dire que'que chose, moi : on peut pas êt' une bonne mère, quand on dit des horreurs comme t'en dis. Comment qu'tu veux faire la leçon à ta fille, après qu't'as' excité ton homme à des abominations.

LOUISE, *hors d'elle-même.*

Avec tous vos discours bigots... c'est ça qui m'a empêché d'élever mes enfants. Tous les quat' sont restés à s'languir ed'misère. Pas même d'quoi les couvrir, j'avais même pas d'langes secs pour eux. Et c'est passe que j'veux êt' une bonne mère, entendez-vous, oui, c'est pour ça, que j'souhaite aux fabricants la peste et tous les malheurs. C'est maintenant que j'suis une bonne mère, que j'le r'deviens. Y a pas une seconde de ma vie où je n'ai pas souffert el'martyre. d'puis l'jour où j'ai mis au monde d'pauv' p'tits êt'. qui s'consumaient dans la souffrance, jusqu'à c'que la mort ait pitié d'eux. Vous aut', vous alliez avec les cafards, réciter des prières et chanter des cantiques, pendant que j'me mettais les pieds en sang à courir mendier une méchante tasse ed'lait battu. J'en ai passé des nuits et des nuits à me creuser la tête pour trouver enfin un moyen d'pas laisser mourir mes p'tits. Quel mal qu'y z'avaient fait pour èt' condamnés comme ça? pendant que là-haut, chez Dietrich, on lave ses gosses dans du vin et du lait... Non, j'vous l'dis, si la danse commence ici, c'est pas dix chevaux qui pourraient m'arrêter, j'en serai. Si on s'rue chez Dietrich, j'serai la première en tête, et malheur à celui qui voudrait me r'tenir. Car j'en ai assez, j'en ai assez!

LE VIEUX HILSE

T'es tout à fait corrompue, y a pas de remède!

LOUISE, *tout en rage.*

C'est pour vous qu'y a pas de r'mède. Vous êtes des pleutres, des chiffes molles, mais pas des hommes; vous dites des bénédictions à qui vous crache au visage, et trois fois merci à qui vous roue de coups. On vous fait pisser d'peur dans vos culottes, avec des contes à dormir debout. Vous avez pus d'sang dans les veines, rien n'vous fait pus rien, vous m'dégoûtez, vous m'dégoûtez. (*Elle sort en courant. Silence embarrassé*).

LA MÈRE HILSE

Quoi qu'y a donc avec Louise, père?

LE VIEUX HILSE

Mais rien du tout, petite mère, quoi qu'tu veux qu'il y aye!

LA MÈRE HILSE

Dis-moi donc, père, c'est-y que j'me l'figure, ou bien qu'les cloches sonnent?

LE VIEUX HILSE

Ça doit être un enterrement.

LA MÈRE HILSE

Ah! pourquoi qu'c'est pas mon tour! pourquoi qu'j'peux pas venir à bout d'mourir! (*Un silence*).

LE VIEUX HILSE *quitte son travail, se lève, et, avec solennité :*

Gottlieb! ta femme nous a dit tant d'horreurs! Ecoute, Gottlieb (*Il se découvre la poitrine*). Là, y a 'eu une balle, plus grosse qu'un dé. Et où j'ai perdu mon bras, l'roi pourrait te l'dire. C'est pas les souris qui m'l'ont mangé (*Il va et vient*). Ta femme, y avait encore personne qui pensait à elle, quand j'avais déjà versé mon sang pour la patrie. Alors, tu comprends, a peut dire tout c'qu'a voudra, c'est des mots' en l'air, ça compte pas! Avoir peur, moi, avoir peur! Eh ben, de quoi donc? Des qué'ques soldats qu'on va envoyer cont'les rebelles? faudrait aut' chose que ça! Si j'suis pus souple, comme dans l'temps, au moins j'ai encore les os solides, et puis quand même y a rien qui peut m'effrayer. Les baïonnettes, je pourrais'encore les attend' ed' pied ferme. Et c'est pas la mort non plus qui me fait peur. Je m'ferais pas prier pour ça. Et plutôt aujourd'hui que demain! Car qui que c'est qu'on a à perd' en mourant! Et qui qu'c'est qu'aurait à pleurer ma vieille carcasse! Ah! toute la misère et toute la rosserie qu'on appelle la vie, pour sûr qu'ça m'ferait pas d'peine de les laisser en plan! — Mais c'est après, Gottlieb, après, il y a qué'que chose, — et y faut pas rire de c'qui vient après, car y a qu'ça d'sérieux.

GOTTLIEB

Qu'est-ce qui sait, c'qui vient après! Personne y a été voir!

LE VIEUX HILSE

Non, Gottlieb, faut pas douter de la seule chose qui soit not'soutien à nous aut', pauvres gens. A quoi qu'ça aurait servi que j'reste assis là à m'esquinter d'travail, à m'crever presque, pus d'quarante ans, et qu'j'aie regardé tranquillement et avec résignation l'richard là-bas qui vit dans l'opulence et la débauche, et qui s'fait d'l'or avec ma faim et ma misère... Oui, à quoi qu'ça aurait servi, si j'avais pas la foi et l'espérance (*La main tendue vers la fenêtre*) : Toi, riche, t'as eu ta part ici-bas, moi j'l'aurai dans l'autre monde. On peut m'couper en morceaux, on m'enlèvera pas ma foi. L'évangile l'a dit : Y a une justice suprême, mais c'est pas nous qui sommes les juges; et seul, le Seigneur, notre Dieu, peut étend' son bras vengeur.

UNE VOIX, *par la fenêtre.*

Tout l' monde dehors !

LE VIEUX HILSE

Non, mes enfants, dansez tant qu' vous voudrez — (*Il remonte à son métier*) Moi j' reste tranquille ic

GOTTLIEB (*après une courte lutte avec lui-même*).

Moi aussi, j' vais travailler. Arrive que pourra. (*Il sort. On entend le chœur des tisserands, chanté non loin de la maison, par plusieurs centaines de voix; cela résonne comme une longue plainte monotone*).

VOIX DES HABITANTS DE LA MAISON (*dans la salle du fond*).

Ah ! misère, misère, y en a, y en a ! ça arrive comme des fourmis ! — D'où peuvent-y èt' tous ces tisserands-là ? — Laisse-moi, laisse-moi, j' veux voir aussi. —

Regarde donc la pique qu'il a, ç'ui qui marche par devant. — Non, mais, y en a-t-y! y en a-t-y! c'est comme un champ d'épis!

HORNIG, *rentrant et causant aux gens de la salle du fond.*

Hein! c'est un vrai spectac'. On voit pas ça tous les jours. Vous devriez monter aussi chez Dietrich! Ah! y z'en ont fait du beau! Y a pus d' maison, pus d' fabrique, pus d' cave, rien! Y s' régalent à toutes les bouteilles, y s' donnent même pas la peine ed' tirer les bouchons, paf! y font sauter les goulots, et y boivent à même la bouteille, sans seulement prend' garde à pas s' couper la bouche. Y en a qui sont là à tourner en rond, et à saigner comme des cochons. Maintenant y vont faire son affaire à l'aut' Dietrich *Le chant a peu à peu cessé*.

PLUSIEURS HABITANTS DE LA MAISON

Y z'ont pourtant pas l'air méchant.

HORNIG

Attendez un peu, vous allez voir. T'nez, r'gardez seulement comme y tournent autour de la bâtisse. Et l' petit gros, là-bas. l' voyez-vous, ç'ui qui porte un seau d' cheval. C'est' un forgeron de Peterschwalde, un bougre qu' a pas froid aux yeux. Y vous défonce les portes les plus solides, comme il écraserait une motte de terre; et malheur à qui lui tombe sous la patte.

VOIX DES HABITANTS DE LA MAISON

Oui, v'là qu' ça commence. Des pierres dans les f'nêt'. — L' vieux Dietrich doit trembler d' peur. — Y leur tend une pancarte. — Qui qu' y a dessus? — Tu peux pas lire? — Avec ça, que j' sais pas lire! — Eh ben, lis-nous-le. (*Il lit péniblement*) « J'-ac-cor-de-tout-ce-que-vous-de-man-dez ».

HORNIG

Il est bien temps, et ça y servira à grand chose! C'est la fabrique qu'y leur faut! et démolir tous les métiers mécaniques, qu' ont été cause ed' la ruine ed' tant d'ouvriers, ça tout l' monde peut l' dire. Et puis y sont déchaînés maintenant, et y a pus rien qui fasse, ni gouverneur, ni commissaire, — ni les pancartes où qu' y fait d' belles promesses. Quand on les a déjà vus à la besogne, on sait c' qu'y peuvent faire.

VOIX DES HABITANTS

Non, non, comme y en a! — Quoi qu'y veulent, ceux-là? — En v'là qui passent el' pont — (*avec anxiété*) Y viennent de c' côté-ci — (*de plus en plus anxieux*) Oui, y viennent vers nous — Y veulent faire sortir tous les tisserands des maisons. — (*Tous fuient: la maison reste vide. Une troupe des émeutiers, sales, couverts de poussière, le visage enflammé par les libations, l'air demi-sauvages, mais un peu exténués par la nuit qu'ils viennent de passer, se précipitent dans la maison, en criant*:) Tout l' monde, dehors. — (*Ils se répandent dans les diverses chambres. Dans la chambre du vieux Hilse, entrent Bæcker et quelques jeunes tisserands, armés de bâtons et de piques. A la vue du vieux Hilse, ils hésitent, leur exaltation est un peu refroidie*).

BÆCKER

Père Hilse, c'est fini d' travailler. Y a assez longtemps que vous trimez au métier, faut laisser ça maintenant à ceux qu' ça amuse. Vous avez pus besoin d' vous tourmenter. On prendra soin d' vous.

UN JEUNE TISSERAND

Vous n'irez plus une seule fois vous coucher l'ventre vide.

UN SECOND JEUNE TISSERAND

A partir d'aujourd'hui, faut qu' les tisserands aient une maison pour dormir, et des habits à s' mettre su' l' dos.

LE VIEUX HILSE

D'où diab' que vous v'nez donc avec tous ces bâtons et toutes ces haches ?

BÆCKER

C'est pour casser la tête à tous les Dietrich.

LE SECOND JEUNE TISSERAND

Ces tring' là, on les f'ra rougir au feu, et on leur z'y enfoncera dans la gueule, aux fabricants, pour leur montrer comment qu' ça vous brûle, la faim.

UN TROISIÈME JEUNE TISSERAND

V'nez avec nous, père Hilse. Nous f'rons pas d'merci.

LE SECOND JEUNE TISSERAND

Personne n'a eu pitié d' nous, ni Dieu ni diab' ! nous allons nous faire justice nous-mêmes.

LE VIEUX BAUMERT, *entre en titubant, il porte un coq tué à la main. Il tend les bras*

Des frères... maintenant, on est tous frères. V'nez que je vous presse sur mon cœur (*Rires*).

LE VIEUX HILSE

Te v'là dans un drôle d'état, Guillaume !

LE VIEUX BAUMERT

Tiens, c'est toi, Gustave ! (*Tout attendri*) Gustave, mon pauvre malheureux garçon, viens que je te presse sur mon cœur.

LE VIEUX HILSE, *d'un air grognon.*

Laisse-moi tranquille.

LE VIEUX BAUMERT

Voyons, voyons, Gustave, faut qu' l'homme soye heureux. Voyons, Gustave, r'garde-moi un peu, quelle tête que j'ai? Faut qu' l'homme soye heureux. J'ai t'y pas l'air d'un prince ? (*Se frappant sur le ventre*). D'vine un peu c' que j'ai dans le vent' ! eh ben, mon vieux, dans c'te bedaine-là, y a d'la nourriture ed' prince... Faut qu' l'homme soye heureux, qu'y mange du liév' et qu'y boive du champagne... J'vas vous dire une chose, faut prend' tout c' qu'on peut.

TOUS, *ensemble.*

Bravo, bravo, faut prend' tout c'qu'on peut.

LE VIEUX BAUMERT

Et quand on a commencé à se rassasier d'bons morceaux, ça s'sent tout d'suite, bon Dieu, on d'vient fort comme un cheval ; y a pus rien qui vous arrête, on peut cogner partout, et bon Dieu, ça fait du bien d'cogner!

JÆGER, *sur le seuil de la porte, armé d'un vieux sabre de cavalerie.*

Ah ! nous avons fait qué'ques bons coups.

BECKER

Oui, nous commençons à comprend' el' métier. En deux temps et trois mouvements nous sommes dans les maisons; et là, allez- y, flambez tout. Ça fait plaisir à voir, comme ça crépite et comme ça flambe, comme des feux de joie.

LE PREMIER JEUNE TISSERAND

Faudrait voir à en rallumer' un aut'.

LE SECOND JEUNE TISSERAND

Oui, filons à Reichenbach, y a encore des maisons d'riches où qu'y faut fout' le feu.

JÆGER

Oui, ça leu' fera toucher d'grosses' assurances cont' l'incendie (*Rires*).

BECKER

D'là on ira à Freiburg, chez l'Tromtra.

JÆGER

Faudrait aussi faire la leçon aux fonctionnaires, aux bureaucrates ; j'ai lu dans des journaux qu'c'était eux la cause ed' tout l'mal.

LE SECOND JEUNE TISSERAND

Puis, on ira jusqu'à Breslau. On trouvera du renfort en route.

LE VIEUX BAUMERT, *à Hilse.*

Voyons, bois donc, Gustave.

LE VIEUX HILSE

J'bois jamais d'schnaps.

LE VIEUX BAUMERT

C'était bon dans l'temps, ça ; mais aujourd'hui nous vivons dans' un monde nouveau.

LE PREMIER JEUNE TISSERAND

C'est pas fête tous les jours (*Rires*).

LE VIEUX HILSE, *avec impatience.*

Tas d'envoyés du diab', qué' que vous v'nez fiche ici !

LE VIEUX BAUMERT, *un peu déconcerté et avec beaucoup d'amabilité.*

Eh ben, tu vois, j'venais t'apporter un coq. Pour faire la soupe à la p'tite mère.

LE VIEUX HILSE, *près de se laisser toucher.*

Eh ben, dis-le à la mère.

LA MÈRE HILSE (*en se faisant de la main derrière l'oreille un conduit acoustique, a tâché de comprendre ce dont il s'agissait, et elle repousse maintenant Baumert des deux mains*).

Laissez-moi tranquille, j'aime pas la soupe à la volaille.

LE VIEUX HILSE

T'as raison, la mère, moi non plus j'l'aime pas. Et tu sais, Baumert, j'ai qué' que chose à te dire. Quand les vieux s'mettent à divaguer comme les jeunes, ça fait la joie du diab'. Et j'peux vous l'dire à tous, ici, vous pouvez m'croire, c'est cont' ma volonté qu'vous êtes chez moi. Vous et moi, nous avons rien de commun, et vous avez rien à faire ici.

PLUSIEURS VOIX

Ç'ui qu'est pas avec nous, est cont' nous.

JÆGER, *brutalement, menaçant.*

Paraît qu't'es mal luné, mon vieux. Mais tu sais, nous sommes pas des voleurs.

PLUSIEURS VOIX

Nous avons faim, pas autre chose.

LE PREMIER JEUNE TISSERAND

Nous voulons viv', c'est tout. C'est pour ça qu'nous avons coupé la corde avec quoi qu'on voulait nous pend'.

JÆGER

Et qu'on ose dire euq'nous avions pas raison (*Montrant le poing au vieux Hilse*) Et si tu dis encore un mot, j'te casse la gueule.

BECKER

Oh ben va, laisse-le donc, l'vieux. Voyez-vous, père Hilse, nous aimons mieux mourir que de r'commencer à viv' comme nous faisions.

LE VIEUX HILSE

J'ai-t'y pas vécu pus d'soixante ans comme ça, moi !

BECKER

Ça fait rien, faut qu'ça change.

LE VIEUX HILSE

Ça changera la s'maine des quat'jeudis.

BECKER

C'qu'on nous donnera pas d'bonne volonté, nous l'prendrons d'force.

LE VIEUX HILSE

D'force ? (*Il rit*) Eh ben, vous pouvez faire vot' testament. On vous montrera où qu'est la force. Attendez un peu.

JÆGER

A cause des soldats ? Nous aussi, nous avons été

soldats, et c'est pas qué'ques bataillons qui viendront'à bout de nous.

LE VIEUX HILSE

Des mots'en l'air, tout ça, j'vous l'dis. Si vous chassez deux bataillons, il en r'viendra dix.

DES VOIX, *par la fenêtre.*

V'là les soldats, gare à vous. (*Subitement, un grand silence. On entend un instant indistinctement les fifres et les tambours. Au milieu du silence, quelqu'un s'écrie involontairement*). Moi, j'fous l'camp (*Hilarité générale*).

BECKER

Qui qu'c'est qui parle de fout'le camp? Qui qu'a dit ça?

JÆGER

Oui, qui qu'c'est qu'a peur d'un' coup' ed'méchants casques? J'vous command'rai... j'ai été soldat, j'connais ça.

LE VIEUX HILSE

Et avec quoi qu'vous tirerez, donc? C'est-y avec vos bâtons?

LE PREMIER JEUNE TISSERAND

C'est'un vieux radoteur. Laissez-le tranquille. Il a une araignée dans l'plafond.

LE SECOND JEUNE TISSERAND

Oui, il est un peu ramolli.

GOTTLIEB, *qui vient de rentrer sans qu'on l'ait aperçu, empoigne à la gorge l'homme qui vient de parler.*

T'oses insulter un vieillard!

LE TISSERAND

Fiche-moi la paix, j'y ai pas fait d'mal.

LE VIEUX HILSE (*s'interposant*)

Va, laisse-le, Gottlieb. Qu'y dise c'qu'y voudra, fais-y pas d'mal. Y verra ben assez tôt l'quel qui déraisonne, ed'lui ou d'moi.

BÆCKER

Tu viens' avec nous, Gottlieb?

LE VIEUX HILSE

J'pense bien qu'non, qu'y n'ira pas.

LOUISE, *rentrant, crie de la salle du fond.*

Perdez donc pas vot' temps à tâcher d'donner du cœur à des lavettes comme ça, des mangeurs ed' bon Dieu dont'y a rien à faire! V'nez sur la place, sur la place, tout d'suite. L'commandant parle aux gens, du haut d'son cheval. Y leur dit qu'y faut rentrer chez eux. Si vous v'nez pas tout d'suite, tout est perdu.

JÆGER, *en s'en allant*

T'as là un homme qu'a un fier courage!

LOUISE

Un homme! où qu'tu vois un homme? J'ai pas d'homme moi.

QUELQUES VOIX, *dans la salle du fond, chantent.*

Y avait' un' fois un p'tit homme
Un petit homme, ohé, ohé.
Qui voulait' avoir un' grand' femme,
Une grand'femme, ohé, ohé!

LE VIEUX WITTIG, *un seau de cheval à la main, descend de l'étage supérieur, et va pour sortir. Il s'arrête un instant dans la salle du fond.*

En avant ! Et qu'tous ceux qui sont pas des lâches nous suivent ! Hourrah ! (*Il se précipite au dehors. Un groupe où il y a Louise et Jæger le suit, en criant : Hourrah !*)

BECKER

Portez-vous bien, père Hilse, nous vous r'verrons. (*Il va pour sortir*).

LE VIEUX HILSE

J'crois pas qu'on se r'voye. Car cj' vivrai pus cinq ans. Et t'es sûr d'en attraper au moins pour cinq ans.

BECKER, *s'arrête étonné.*

Attraper d'quoi, père Hilse ?

LE VIEUX HILSE

D'la prison, parbleu.

BECKER, *ricanant.*

Eh ben ! ça me fait plaisir. Au moins, j'serai toujours nourri pendant c'temps-là. (*Il sort*).

LE VIEUX BAUMERT *qui s'était affalé sur une chaise, et se causait à lui seul, se relève maintenant.*

C'est vrai, Gustave, je m'suis un peu saoûlé. Mais tout d'même, j'y vois encore clair, j'ai pas perdu la tête. T'as ton opignon, j'ai la mienne. Et j'dis qu'Bæcker a raison, même si ça finit par la prison, on y est toujours mieux qu'ici ; on y est soigné, on manque pas d'tout. Et puis, vois-tu, mon vieux, 'faut'au moins respirer une bonne fois dans sa vie, s'en donner une fois tout son saoûl, sans s'occuper où qu'ça vous mène (*Il se dirige lentement vers la porte*) Adieu, Gustave. S'y m'arrive qué'que chose, tu f'ras une p'tite prière pour moi. Adieu (*Il sort. Les émeutiers ont maintenant tous abandonné la maison. La salle du fond se remplit de nouveau peu à peu des autres habitants de la maison, poussés par la curiosité. Le vieux Hilse recommence à nouer des fils. Gottlieb est allé chercher une hache derrière le poêle, et il en examine machinalement le tranchant. Tous les deux, le vieux et Gottlieb, sont tout émus, mais se taisent. Au dehors on entend le bruit de la foule*).

LA MÈRE HILSE

Mais dis donc, mon homme, l'plancher tremble si fort! Quoi qu'y s'passe donc, quoi qu'y peut y avoir? (*Un silence*).

LE VIEUX HILSE

Gottlieb!

GOTTLIEB

Eh ben, quoi?

LE VIEUX HILSE

Laisse donc la hache à sa place.

GOTTLIEB

J'voulais faire du p'tit bois. (*Il remet la hache près du poêle. Un silence*).

LA MÈRE HILSE

Gottlieb, écoute ce'que l'père te dit.

DES VOIX, *chantant devant la fenêtre.*

Le petit homme restait chez lui
Restait chez lui, ohé, ohé,
Rinçait les plats et les assiettes,
Et les assiettes, ohé, ohé.

GOTTLIEB *tressaille, et montrant le poing du côté de la fenêtre.*

Canailles, ne m'foutez pas en colère (*On entend une décharge de mousqueterie*).

LA MÈRE HILSE, *effrayée.*

Seigneur Jésus, est-ce que c'est pas l'tonnerre ?

LE VIEUX HILSE, *joint involontairement les mains.*

Seigneur, mon Dieu, protège les pauv' tisserands, protège mes pauvres frères. (*Un court silence. Le vieux Hilse, reste tout tremblant*). Maintenant, le sang coule.

GOTTLIEB *a tressailli au moment de la décharge de mousqueterie, il serre convulsivement la hache dans sa main, change de couleur, et pouvant à peine se contenir, saisi d'une angoisse profonde.*

Mais c'est qu'on s' bat pour de bon !

UNE FILLE DE TISSERAND, *qui est dans la salle du fond, crie au vieux Hilse.*

Père Hilse, père Hilse, restez pas à la f'nêt'. Ici y a une balle qui vient d' casser un carreau (*Elle disparait*).

MILIENNE, *montrant sa tête mutine à la fenêtre.*

Grand-père, grand-père, y z'ont tiré des coups d' fusil. Y en a deux d' tombés. Y en a un qu'a tourné,

tourné, comme une toupie, et puis l'aut' y s' débattait comme un moigneau à qui qu'on coupe l' cou. Et du sang, du sang qui coulait! (*Elle disparaît*).

UNE FEMME DE TISSERAND

Y z'en ont tué deux.

UN VIEUX TISSERAND, *dans la salle du fond.*

R'gardez, maintenant y z'attaquent les soldats.

UN AUTRE TISSERAND

Non mais r'gardez, r'gardez les femmes, a leur sautent à la figure, a leur crachent au visage.

UNE FEMME DE TISSERAND, *criant de la maison.*

! Gottlieb, r'garde donc ta femme, al' est pus courageuse que toi, a saute ed'vant les baïonnettes, comme si qu' c'était des violons pour faire danser (*Quatre hommes apportent un blessé dans la salle du fond. Un silence*).

UNE VOIX, *près du blessé.*

C'est l' tisserand Ulbrich. (*Nouveau silence*). Il en a pas eu pour longtemps ; il a une balle dans l'oreille. (*On entend les pas d'hommes qui montent l'escalier*).

DE NOMBREUSES VOIX, *au dehors.*

Hourrah! hourrah!

DES VOIX, *dans la maison.*

Où qu'y peuvent avoir toutes ces pierres-là? — Y z'ont dépavé — Y pleut des pierres. — Y a des soldats d' blessés. (*Cris d'angoisse au dehors, et jusqu'à la porte de la maison. Les habitants de la maison ferment enfin cette porte en poussant des cris d'effroi*). Y r'chargent leurs fusils. — Y vont encore tirer. — Père Hilse, r'tirez-vous d' la f'nêt'.

GOTTLIEB, *sautant de nouveau sur la hache.*

Eh ben, quoi ! Sont-y tous enragés ? Nous donner à manger d'la poud' et des balles, au lieu d'pain ? (*Il hésite un instant, toujours la hache à la main, et s'adressant à son père*). Leur laisser tuer ma femme? Jamais. (*Il s'élance au dehors*). Gare-là, camarades, j'y vais. (*Il sort*).

LE VIEUX HILSE

Gottlieb, Gottlieb !

LA MÈRE HILSE

Où est donc Gottlieb ?

LE VIEUX HILSE

Y s'est donné au diab'.

DES VOIX (*dans la maison.*)

R'tirez-vous donc d'la fenêt', père Hilse.

LE VIEUX HILSE

Jamais ! quand vous vous y metteriez tous ! (*A la mère Hilse, sur un ton déjà extatique*): C'est ici que l'Père céleste a marqué ma place, et c'est ici que j'dois rester, et faire mon devoir, n'importe ce'qui arrive, et quand même la neige es'mettrait à brûler ! (*Il recommence à travailler. Au même instant, éclate une nouvelle fusillade. Atteint mortellement, le vieux Hilse se redresse d'abord d'un seul mouvement, et il retombe aussitôt, tête en avant, sur son métier. En même temps, retentissent au dehors de nouveaux hourrahs. Tous les gens qui étaient restés dans l'antichambre de la maison se précipitent alors au dehors, en criant eux-mêmes des hourrahs*).

LA MÈRE HILSE

Père, père, qu'est-ce qu'y a, dis-moi, père, qu'est-ce qu'y a ? (*Le bruit des hourrahs au dehors va en s'éloignant. Tout à coup Milienne entre en courant dans l'appartement*).

MILIENNE

Grand-père, y' z'ont chassé les soldats du village, y z'ont pris la maison d'Dietrich, y z'ont fait comme chez Dreissiger. Grand-père ? (*L'enfant effrayée regarde plus attentivement et, un doigt dans la bouche, elle s'approche lentement du mort*). Grand-père !

LA MÈRE HILSE

Mais parle donc, mon homme, dis que'qu'chose, c'est qu'on finirait par avoir peur !

D. 2586. — Paris. Imp. F. IMBERT, 7, rue des Canettes.

www.ingramcontent.com/pod-product-compliance
Ingram Content Group UK Ltd.
Pitfield, Milton Keynes, MK11 3LW, UK
UKHW031902260826
14628UKWH00002B/927

9 782329 433509